EN LA CUERDA FLOJA

BAJO

CUCHILLOS AFILADOS

AUTORA: MONTSERRAT TOMÁS

© 2022, Montserrat Tomás
Impresión y editorial: BoD – Books on Demand
info@bod.com.es - www. bod.com.es
Impreso en Alemania – Printed in Germany
ISBN: 9783755754299

A mi madre, a Joaquín

y a Leopoldo García Cotta,

mi abuelo escritor

al que no conocí

pero que despertó en mí

el gusanillo de la escritura

Índice

CAPÍTULO 1

Lo primero que Alex hizo al ver la puerta de su piso reventada fue ir a su habitación para asegurarse de que *aquello* seguía en su sitio. Estaba todo esparcido por el suelo y, pese a sus de cuarenta años, y cierta agilidad gracias a haber hecho footing de vez en cuando, le era complicado moverse por el piso sin dañarse ni causar aún más destrozos en muebles, objetos decorativos, libros, ropa y documentos. Pero debía hacerlo antes de llamar a la policía.

Por un solo motivo alguien podía haberle hecho eso, y tenía que saber si lo habían descubierto.

Hasta llegar al lugar donde lo tenía oculto, tenía que pasar por un largo y estrecho pasillo al que daban dos habitaciones y la cocina y, a continuación, por el salón-comedor y el baño.

En el primer cuarto, el que hacía las funciones de despacho, habían esparcido por el suelo todos los archivadores con las facturas y comprobantes del banco, pero no se habían llevado el portátil. Parecían tener claro que no buscaban algo en formato digital.

En la siguiente habitación, la que usaba para sus desarrollar su aficiones, vio con rabia como el puzle, que tenía casi acabado, estaba esparcido por el suelo. Lo que tenía que ser una sorpresa para su mujer, con la fotografía del Taj Mahal que tanto dijo que le había gustado cuando lo visitó en uno de sus viajes de trabajo, y adónde quería volver con él en cuanto se lo pudieran permitir, ahora estaba irreconocible. Daba por seguro que le sería imposible recuperar las cinco mil piezas que lo componían, porque algunas de ellas las había visto a sus pies nada más entrar en el piso. Descubrió esa afición en los meses de confinamiento por el coronavirus, en aquellos extraños meses de marzo, abril y mayo de un, parecía, lejano año 2020. Estar en casa solo, por tanto tiempo, sin Carlota, que no pudo abandonar Dublín donde le pilló la pandemia, hizo que tuviera que buscar algo con que entretenerse. Pasó muchas horas mirando por internet, hasta que dio con la web de una tienda que vendía puzles con imágenes de todo tipo de motivos: ciudades, obras de arte, naturaleza, animales, mapas... Comenzó comprando online uno de mil piezas, y le gustó. Desde entonces, ya había hecho más de una veintena, y muchos los aprovechó después para regalárselos a sus amigos.

Con no demasiada esperanza, alzó la vista y echó una ojeada a la que consideraba su joya más preciada, la colección que representaba a los personajes más emblemáticos de la Guerra de las Galaxias, y que tenía expuesta en una vitrina que encargó a medida. Esperaba que no hubieran reparado en ella pero, para su desgracia, tampoco pudo sucumbir al asalto sufrido.

Al llegar a la cocina vio cómo, tanto la nevera como todos los armarios, estaban abiertos y tirado por el suelo todo lo que había en ellos: el pan, dos manzanas, un tetrabrik de leche, jamón dulce, garbanzos.... Poco más. Por suerte, pensó por un momento con una sonrisa cada vez más nerviosa, todavía no había hecho la compra semanal. Eso sí, vio como incluso habían llegado hasta el lavadero dejando toda la ropa sucia esparcida por el suelo.

Su salón-comedor no corrió mejor suerte, y el sofá estaba totalmente destrozado, al igual que la mesa y las sillas. La televisión se la encontró boca abajo, en un rincón, con la pantalla rota.

Al final, consiguió llegar al dormitorio y, desde la misma puerta, vio cómo se habían ensañado a conciencia. Habían abierto todos los armarios y cajones, esparciéndolo todo por el suelo. Deshicieron la cama y rajaron el colchón. El canapé estaba abierto y habían revuelto todo lo que había en él. Incluso se encontró con que habían destrozado los marcos de fotos de Carlota, una buena colección que le hacían más soportable el tiempo que debía pasar sin ella.

Solo cuando alzó la mirada pudo respirar tranquilo. No habían desmontado ni uno solo de los apliques del falso techo. Eso indicaba que *aquello* seguía allí.

Entonces, algo más sereno, si es que eso era posible, se desenroscó su gastada bufanda y se quitó la gruesa cazadora que llevaba y las tiró en un rincón.

Lo sucedido indicaba solo una cosa: lo que obraba en su poder parecía ser muy valioso. Había alguien dispuesto a hacerse con ello.

Tendría que llamar a la policía y después, con la denuncia, contactar con su seguro. No se entendería que no lo hiciera, pero debía estar seguro de lo que les diría. Le preguntarían si había algún motivo por el que hubieran entrado de esa manera en el piso de una persona que, hasta el momento, parecía del todo normal.

Creía no dar el perfil de alguien que pudiera tener enemigos de ese tipo; un hombre de cuarenta y un años, que podría confundirse fácilmente con cualquier otro individuo de su edad: con su ondulado, y siempre despeinado, pelo castaño que Carlota siempre insistía en que lo llevara lo más corto posible, con sus pequeños ojos marrones y con algo de tripa, dada su poca voluntad actual para hace deporte con regularidad. En resumen, como gran parte de la población masculina de este país.

A ello, debería añadirse que, tal y como habían fomentado las entidades financieras con insistencia, había comprado con su mujer el pequeño piso en el que vivía, hipotecado aun para los próximos veintitrés años, en un barrio de las afueras de Barcelona. Era habitual que lo pasaran mal para llegar a fin de mes e, incluso, sus finanzas estuvieron al límite por un tiempo, pero ahora iban remontando. Desde hacía pocos meses, él también volvía a tener trabajo fijo en una tienda de libros antiguos.

Tenía que pensar bien cómo contestaría a las preguntas que le hiciera la policía para parecer creíble.

—¿Hola? ¿Alex? ¿Está bien? —se escuchó a lo lejos, al fondo del pasillo, en la entrada del piso. Era su casi octogenaria vecina de rellano, que volvía con el carro de la compra y su asustadizo perro, al que llevaba en brazos con intención de protegerlo—. ¡Dios mío! ¿Qué ha pasado aquí?

—Sí, señora Encarna, estoy bien. Tranquila —contestó mientras se acercaba—. Todavía estoy sorprendido con lo que ha pasado. Acabo de llegar y no entiendo quién ha podido hacerme esto. Prácticamente han arrasado con todo lo que han encontrado. ¿Usted ha oído algo? —le preguntó cuándo ya estaba en el quicio de la puerta.

—Yo regreso ahora de la compra, y cuando salí, hace una hora, no vi nada ni me crucé con nadie. ¡No me diga que hay ladrones por el barrio! Le han roto la puerta y parece que le han destrozado todo el piso —dijo mientras estiraba el cuello para intentar ver por detrás de su joven vecino—. ¿Le han robado algo? ¿Ha llamado a la policía?

—Ahora mismo pensaba hacerlo. El caso es que no sé qué estarían buscando —mintió, por supuesto—. Pero no se preocupe. En la próxima junta de vecinos voy a sugerir que pongamos cámaras, o algo parecido, para que esto no vuelva a suceder —improvisó, pues tenía claro que la única persona que podía sentirse en peligro en aquel edificio era él—. Usted no se

15

preocupe por mí. Vuelva a su casa y ciérrese bien con la llave. Yo me ocuparé de todo.

Pero como la pobre mujer, que vivía sola con la única compañía de su mascota, se había quedado paralizada por el susto, tuvo que acompañarla y abrirle la puerta garantizándole que, en un rato, se pasaría para ver cómo se encontraba.

Una vez sólo de nuevo en su salón Alex sabía que debía llamar, sin más demora, a la policía. Después, en cuanto se fueran, cogería la escalera y accedería al techo para recuperar *aquello* que parecía tan valioso. Estaba claro que ahora no podía hacerlo con tantas cosas esparcidas por la habitación. No importaba. Estaba seguro que ni la policía, ni después los del seguro, se podrían a buscar pruebas para ver quién había ocasionado el supuesto robo. Supuesto, porque no habían robado nada. Era del todo cierto, y así debería decírselo a todos ellos. No echaba nada en falta.

¿Se lo creerían?

Una vez hubo llamado y, mientras esperaba a que se presentara en el piso, se paró a pensar en qué tenía que hacer a partir de entonces. Lo que estaba claro era que no podía quedarse allí. Además de estar todo manga por hombro, fuera quien fuera quién lo hizo sabía dónde vivía, y no podía arriesgarse a que regresara de nuevo y, quizás, por qué no esta vez, se ensañaran con él personalmente hasta que le dijera dónde ocultaba lo que estaba buscando.

Después de pensar varias opciones se decantó por Hugo.

—Hola, ¿te pillo en un mal momento? —preguntó por si acaso.

—No, tranquilo. Acabo de regresar a casa. He ido a visitar un par de edificios en la zona del Barça. Es una zona con mucho potencial y donde todavía no tengo ningún piso que ofrecer. Dime, ¿necesitas algo?

Alex y Hugo se conocían desde pequeños y, de todos los amigos, era al que mejor le habían ido las cosas. Procedía de una familia trabajadora, como la mayoría, pero uno de sus tíos murió sin descendencia y le dejó a él los ahorros de toda una vida. No es que fuera una gran cantidad pero, poco a poco, y analizando todas las opciones posibles, dio con la gallina de los huevos de oro: los pisos turísticos. Lo cierto es que lo pasó bastante mal con la pandemia, y llegó a creer que su negocio se iba a pique. Por un tiempo, pensó en deshacerse de los pisos y volver a comenzar de cero. Pero supo aguantar y allí estaba de nuevo.

—Pues no te lo vas a creer pero… —comenzó a explicárselo todo Alex pero sin los detalles del por qué creía que había sucedido.

—Vaya putada. No te preocupes. Claro que te puedo dejar un piso. Ahora miro cuál tengo vacío y cojo las llaves. Llámame cuando estés a punto de salir.

Una corriente de aire le hizo estornudar y recordó la puerta reventada. También tenía que llamar al cerrajero para que la arreglara lo antes posible. No podía dejarla así. Buscó dónde había dejado tirada la cazadora y, en cuanto se la puso, sacó del bolsillo el móvil y buscó al más cercano. Le aseguró que llegaría lo antes posible. No pudo menos que creer en él y confiar en que así fuera.

Intentó relajarse respirando a fondo cuando recibió una llamada. Era Carlota:

—Hola cariño, perdona, se me pasó llamarte ¿Sabes qué me ha sucedido? Resulta que cuando llegué del trabajo… —comenzó a explicarle, pero también sin mencionar para nada el supuesto motivo real—, y ahora estoy esperando a la policía y al cerrajero. Te llamaré en cuanto se hayan ido. No te preocupes. Seguro que se equivocaron y entraron en nuestro piso por error.

Hacía varias semanas que Carlota estaba trabajando en Rusia y, aparte de los muchos WhatsApp que se mandaban a todas horas, Alex siempre le llamaba cuando, tras llegar de la tienda, ya tenía la cena lista. Así, mientras comía, hablaban y hablaban. A menudo, durante horas. Ella le insistía para que le hiciera una video llamada pero él se negaba siempre, con la excusa de que le era muy incómodo. Prefería poner el altavoz, pues decía que así podía comer y hablar sin tener que estar pendiente de una cámara.

—¿Seguro que estás bien? Estoy de acuerdo, has de marcharte de ahí lo antes posible. Me parece buena idea que te vayas a un piso de Hugo. En cuanto llegues llámame —le pidió su mujer intranquila.

—Claro, claro. No te preocupes. Ahora te dejo porque estará a punto de llegar la policía. Un beso. Después te llamaré y hablaremos más —cortó Alex.

¡Cómo podía tener tan mala suerte! Desde que, recién comprado el piso, cerró la tienda en la que trabajaba todo eran problemas. No tardó demasiado en encontrar un nuevo empleo, en una librería, aunque apenas les llegaba con sus dos sueldos. Había intentado encontrar un trabajo que le sirviera de complemento, pero sin éxito. El caso era que ya debían dos cuotas de la hipoteca y varios recibos de gas y electricidad.

Borró esos pensamientos negativos de su cabeza y volvió a centrarse en el presente. Tendría que hacer una bolsa con lo más imprescindible. Y también una maleta, pensó, pues la ropa de invierno abultaba bastante. Eso sí, debería largarse de allí en cuanto tuviera la puerta arreglada. Al menos creía que por unas horas, el o los asaltantes, no rondarían cerca. Sobre todo cuando vieran llegar a la policía. Para cuando volvieran, si es que pensaban haberlo, él ya no quería estar allí.

Mientras tanto, se pasaría a ver a su vecina, la señora Encarna, para asegurarse de que se encontraba bien, y le aconsejaría que no se preocupara por él. Que aquel amigo suyo tan apuesto, simpático y atento con ella, y al que conocía tan bien, le dejaría uno de sus pisos hasta que pudiera regresar a casa.

CAPÍTULO 2

Hacía siete años que Alex trabajaba en una tienda de libros antiguos en pleno centro de Barcelona, justo al lado de Las Ramblas, a la altura del Mercat de La Boqueria. Durante bastante tiempo lo había hecho en una exclusiva tienda especializada en todo tipo de grifería para baños y cocinas, de cualquier época y estilo. Como era un establecimiento con un tipo de clientela muy peculiar, actores, cantantes, pintores, presentadores de la televisión, nuevos ricos... los precios eran bastante elevados y los empleados podían sentirse muy afortunados con su sueldo y sus condiciones laborales. Fue entonces cuando Carlota y él se compraron el piso, pensando en el día en que ella pudiera instalarse definitivamente en Barcelona. Gracias a su dominio de idiomas trabajaba para una cadena española de hoteles y tenía que desplazarse cada vez que iban a abrir uno en alguna parte del mundo. Ahora se encontraba en un nuevo hotel en San Petersburgo, y aprovechaba para perfeccionar su ruso. Pero su intención era regresar a Barcelona lo antes posible.

Lo malo es que todo se fastidió cuando, ante el incremento desmesurado del alquiler del local, el jefe de Alex decidió jubilarse anticipadamente y cerrar el negocio. De repente, se quedó con una mano delante y otra detrás. Por supuesto que le indemnizaron, y le quedó el desempleo, pero no era suficiente para hacer frente a la hipoteca por mucho tiempo y tuvo que buscar enseguida otro trabajo, siendo, el de la librería, el único que encontró.

En aquel momento no sabía mucho de libros antiguos, pero era un empleo que le ayudaría a afrontar los gastos domésticos. No podía rechazarlo.

La pandemia le cogió en ella, y la tienda tuvo que permanecer cerrada durante los meses de confinamiento. Fueron solo dos y medio, pero se hicieron tan largos que Alex creyó que acabaría por cerrar por no ser capaz de reponerse de nuevo cuando les permitieran volver a abrir. Afortunadamente, aunque costó un tiempo, la clientela volvió a acudir y la oferta de colecciones aumentó de manera muy importante dada la gran cantidad de bibliotecas que, por desgracia, habían quedado sin dueño como consecuencia del maldito virus.

Pero, volviendo al presente, desde hacía unos meses varias cosas en el piso comenzaron a fallar: la caldera, la instalación eléctrica, la nevera… Además comenzaron las derramas de la comunidad para cambiar el ascensor y arreglar la fachada. Ellos vivían en un cuarto piso y no podían escaquearse para contribuir a dicha obra. No habían contado con ello y, si pagaban una cosa, tenían que dejar a deber otra. Eran las típicas cuestiones caseras que conllevaba tener un piso en propiedad, pero a Alex no le dejaban dormir desde hacía semanas, y no quería preocupar a su mujer más de la cuenta.

Tenía que reconocer que en la librería, después de varios años, le trataban muy bien y tenía un horario envidiable, diferente al de sus compañeros que atendían al público, pues salía antes que ellos y no tenía que ir los sábados. En total eran cinco personas: aparte de él había tres vendedores, que habían trabajado allí desde jóvenes, y el propietario, el señor Eladio Solís.

Alex era el más joven de todos y, en muchas ocasiones, se notaba en el trato de favor que le daban.

Jaime era el compañero que antes había realizado su trabajo y, por tanto, fue él quien le enseñó cómo tratar, lo que llamaba, las joyas más valiosas. Ahora, tanto junto a los otros dos compañeros, se dedicaba a tratar con los clientes. En verdad no le llevaban tantos años, pero ya había algo en sus semblantes que les identificaba con el lugar: piel blanca, por pasarse tantas horas entre aquellas paredes, pelo cano, y gafas de muchas dioptrías.

Su jefe, el señor Eladio, era un hombre casi tan viejo como muchos de los ejemplares que vendía: muy delgado, con una gran calva rodeada por un descuidado pelo cano, que siempre llevaba más largo de lo debiera, con mil arrugas en la cara, y unas enormes orejas que le sujetaban unas gafas de pasta tan viejas como él, pues tenía que acercarse mucho a los libros para poder analizarlos. Pero ese era su mundo, su pequeño universo, y se le notaba en cuanto hablaba con alguien de sus libros. En la ya lejana entrevista de trabajo, le aseguró a Alex que no pensaba jubilarse mientras pudiera mantenerse en pie y eso, a él, le dio bastante seguridad.

Trabajar en un negocio como aquel era muy peculiar. Al entrar traspasaba una nube de polvo que, a menudo, le daba la impresión de que le transportaba al pasado. Los libros tenían, como poco, treinta años de antigüedad y, muchos, cerca de doscientos. A menudo, le parecía que trabajaba en un laboratorio pues lo hacía con guantes e, incluso a veces, con mascarilla, pues el polvo que soltaban algunos ejemplares podría perjudicar sus bronquios. Por ello, cuando llegó la pandemia y fue obligatorio su uso para evitar difundir el virus, él ya estaba acostumbrado a ella.

La tienda era muy grande pues era la suma de varios locales que habían sido unidos abriendo huecos en las paredes, del tamaño justo de una persona, para no dañar sus delicadas y centenarias estructuras. Al principio, el laberinto resultante le provocaba a Alex una sensación inquietante, propia de un lugar del que algún día jamás podría salir. Además, tuvo que superar el temor a un gran repertorio de crujidos que provocaban tanto las antiquísimas estanterías que resistían milagrosamente el paso de los años, como los viejos y diferentes suelos de madera propios de cada espacio. Era como si no les gustara el cambio de humedad o, lo que era peor, como si se lamentaran al ser pisados, perturbando su reposo.

El establecimiento contaba con varias secciones: la de libros de finales del siglo XX; la de las obras de ficción de la primera mitad del siglo XX; las de la segunda mitad del siglo XIX; la zona de obras de teatro del 1870 a 1960; la de poesía desde el 1830 a 1980; la de biografías; la de ensayo; el espacio donde se exponían, bien protegidos por gruesos plásticos, los mapas, siendo el más antiguo del 1768; la zona de diarios, revistas y folletines; la zona de libros técnicos expuestos por especialidades: de ciencia, astronomía, derecho, economía, medicina, botánica, historia, matemáticas…

Era una de las más importantes de la ciudad, y también debía de serlo del país pues, a menudo, recibían correos o llamadas de personas, a las que les era imposible visitarles, y que les hacían encargos para que se los enviaran por mensajería.

En aquel curioso lugar Alex no solía trabajar de cara al público. Salvo que algún compañero estuviera enfermo y él tuviera que suplirle, siempre estaba en lo que llamaban el taller. Allí era donde desarrollaba la mayor parte de su labor, que consistía en limpiar, arreglar y dejar a punto, los libros que serían puestos a la venta para darles una nueva vida.

En seguida, acabó siendo muy bueno en lo suyo, por lo que no le faltaban nunca libros en los que trabajar. Algunos procedían sencillamente de personas que hacían sitio en sus estanterías, y otros de familias que necesitaban dinero y pensaban que, vendiendo algo antiguo, conseguiría unos buenos ingresos.

También venían muchos herederos y viudas ofreciéndoles antiguas bibliotecas, cuyo contenido y valor la mayor parte de ellos desconocían, para poder desalojar pisos y casas y poder vender después dichos inmuebles. Éstos eran los que proporcionaban los títulos más curiosos relacionados con la medicina, la geografía, las matemáticas, el universo o la filosofía.

—Alejandro, cuando termine con esa estantería póngase a trabajar con la nueva biblioteca que hemos traído hoy —le indicó el señor Eladio, que siempre le llamaba de usted y por su nombre completo—. Procede de un importante fiscal que estuvo en ejercicio hasta hace poco y que falleció hará, más o menos, un mes. Cuando me llamó su viuda no tenía ni idea de lo que guardaba su marido en casa. Le he comprado la tercera parte de lo que me ofrecía, entre lo que hay muchas obras de tema jurídico y de botánica, que se podrá vender bastante bien. Cuando lo tenga listo y clasificado por contenido ya veremos dónde le hacemos sitio.

Fue cuatro días después cuando se puso a trabajar con la colección.

Alex había llegado a interesarse por su trabajo, y cada nuevo encargo constituía para él un reto en el que podía aprender algo nuevo. Esa era la manera de poder sentirse más cómodo y satisfecho con lo que hacía.

Así fue como comenzó a limpiar primero, y a reparar después, los múltiples desperfectos que encontró en cada tomo. Había casi noventa. El señor Eladio sólo había comprado una parte de la biblioteca a aquella viuda pero, aun así, era mucho trabajo.

En esta ocasión los títulos no le sugerían gran cosa: la mayoría estaban relacionados con el derecho y el sistema judicial, siendo los más antiguos del 1893. Según comentó la viuda, algunos ejemplares provenían del padre y del abuelo del fiscal, y otros los adquirió por ser un gran aficionado en la historia del derecho.

Lo que le pareció más curioso fue la colección relacionada con la botánica. En la librería ya tenían varias obras de ese campo, pero ésta tenía unas ilustraciones verdaderamente interesantes.

Otro detalle que Alex valoraba de su trabajo era que no le presionaban por acabar cada uno de los encargos, lo que hizo que se volviera muy meticuloso. Por ello, calculó que, con esa colección, estaría por lo menos un par de semanas.

Cuando llevaba ya una en su labor, hubo algo que le llamó la atención al limpiar las tapas de un grueso volumen de plantas medicinales de los Pirineos. Había algo encajado en un hueco que alguien había hecho a conciencia. Quedaba bien disimulado y, si no hubiera sido porque él revisaba y analizaba y raspaba y reparaba todo aquello que pudiera haber perjudicado a cada libro, no lo hubiera descubierto nunca.

Con las pinzas y su lupa de aumento, Alex extrajo un sobrecito, que había cogido el color amarillento del resto del libro, y lo acercó a la potente lámpara con la que trabajaba para ver de qué se trataba. La solapa quedó abierta y, en su interior, se podía ver un pedazo de papel del mismo color con algo escrito.

Lo dejó a un lado y Alex siguió trabajando en las tapas del libro. Un rato más tarde, vio que en la de atrás también había algo. Hurgó con cuidado y, de nuevo con las pinzas, consiguió extraer una pequeña llave que había quedado bien incrustada. Estaba en un pequeño llavero en el que había algo escrito.

—Alejandro, ¿cómo va todo? Si necesita ayuda dígamelo —se ofreció su compañero Jaime, entrando de repente en el taller—. Estos días no hay demasiado trabajo. Parece que este frío hace que nadie quiera salir de casa.

—Todo bien, todo bien, gracias —respondió rápido, ocultando con la mano lo que acababa de hallar en aquel tomo, con un gesto que no diera a entender que estaba haciendo algo indebido—. Aún tardaré unos días en terminar con estos ejemplares, pero de momento no hay ninguno que se me resista. El resultado valdrá la pena.

—Son casi las seis. Si quiere vaya recogiendo y plegue por hoy. Así podrá dejar de respirar este polvo tan denso que siempre se acumula aquí —le sugirió el compañero que, si no estaba el jefe, solía tomar las riendas—. Cuando yo hacía su trabajo, aun haciéndolo también con mascarilla, se me metía en la nariz y hasta que no salía no dejaba de picarme.

—Sí, muchas gracias Jaime. Me gusta el trabajo pero reconozco que el mejor momento del día es cuando me voy y puedo respirar aire fresco —sonrió agradecido Alex.

En cuanto su compañero se marchó, y volvió a quedarse solo, dudó por un instante pensando qué debía hacer con lo que había hallado en aquel libro.

En un impulso, cuando ya tenía la cazadora puesta y estaba listo para salir del taller, decidió coger el amarillento sobre y la llave y se los metió en el bolsillo. En aquel momento, si alguien le hubiera preguntado por qué lo había hecho, no hubiera sabido qué decir.

Ya en la calle comenzó a caminar y, poco a poco y sin proponérselo, acabó llegando a su piso después de algo más de una hora.

El caso es que su cabeza no paraba de darle vueltas. En la vida había tenido una suerte relativa: se llevaba bien con la gente y él, su familia y todos los que quería, estaban sanos. Ni siquiera habían enfermado de coronavirus. En los trabajos se amoldaba e integraba en seguida. Pero el tema económico era del todo diferente. No solo de buenas relaciones vive el hombre, se decía a sí mismo a menudo.

Estaba resuelto a agradecer un buen golpe de suerte. La lotería o las quinielas no las veía claras. Siempre que había gastado dinero en ellas lo había perdido todo. Bueno, tampoco había jugado mucho. Pero no. Esa no era la solución a sus problemas. Tenía que existir alguna otra manera de poder saldar sus deudas para que pudieran vivir algo más tranquilos.

"Quizá tenga que ser humilde, y pedirles a mis padres que me ayuden, como cuando era joven", fue su último pensamiento antes de entrar en su congelado piso. Cuando lo hizo, un largo escalofrío le recordó, al llegar, que su caldera seguía estropeada desde hacía semanas.

CAPÍTULO 3

Alex no solía comer bien. La cocina no era lo suyo, y podía pasarse días viviendo de comida preparada del supermercado, o recalentando la que quedaba en la nevera de no recordaba cuándo.

Aquella noche, tras darle una nueva oportunidad a una pechuga de pollo que sobró tres o cuatro días antes, y mientras veía las noticias en la televisión, se olvidó, como siempre, de sus problemas. Ver que había otros peor le hacía valorar lo que tenía y que, si aquellos que protagonizaban las noticias podían salir del bache, ellos también podrían hacerlo.

Sonó el móvil. Era Carlota, pues en esta ocasión le tocaba llamar a ella:

—¡Hola cariño! ¿Cómo estás? ¿Ya has cenado?

—Sí, terminé ahora mismo. ¿Ya preparaste la visita con los japoneses de mañana?

—Sí. Cruzo los dedos y confío en que vaya bien para que podamos abrir allí un hotel. ¡Ves a saber! Tal y como están las cosas en España, cualquier día te encuentras de nuevo sin empleo y te has de venir a trabajar conmigo, en algún lugar de mundo. En esta compañía parece que las cosas no van mal del todo. Hemos superado bastante bien la crisis del puñetero virus, menos mal. ¿De verdad que no quieres que te busque algo? Ah, por cierto, ¿has mirado lo del billete de avión? —preguntó Carlota cambiando de tema de repente.

—Eh, ¡no! —contestó, claramente a la segunda de las cuestiones, levantándose de golpe de la mesa, y casi tirando el plato vacío. Lo había olvidado por completo. Al regresar del trabajo tenía que haber buscado por internet vuelos para San Petersburgo pero se le pasó—. Lo miraré en cuanto colguemos. Volví caminando a casa, y al llegar solo pensé en la cena.

—Será mi cumpleaños, no me puedes fallar. Sería la segunda vez que lo pasáramos separados y no quiero que eso pase. Ya tuve bastante con el año del confinamiento. Sé que aún faltan dos meses, pero esta vez coincide con Semana Santa, y como no lo mires con tiempo no encontrarás ninguna oferta.

Alex le prometió que lo buscaría después, y se recostó en el sofá con la intención de seguir hablando, por un buen rato, como cada noche.

Al colgar recogió la mesa, limpió la cocina y, cuando se disponía a sentarse ante el portátil para reservar el vuelo, tropezó con la cazadora que había dejado en el respaldo de la silla recordando de golpe lo que había en uno de los bolsillos. Lo sacó todo con cuidado y regresó a la mesa con la idea de ver exactamente de qué se trataba.

En tantos años en la librería, mientras trabajaba en algún ejemplar, más de una vez había encontrado entre sus páginas papelitos, algunos con lo que parecían antiguos números de teléfono de tan solo cinco dígitos, otros con nombres de personas, otros con recetas, otros con algún recorte, intrascendente para él, de periódicos antiguos... En ningún caso algo de interés. Siempre parecía que había acabado allí por descuido. Al principio se lo comentaba a su jefe o a los compañeros, pero siempre le decían que no tenían la menor importancia, que los tirara. Sin más.

En este caso, posiblemente se tratara también de algo sin valor pero, aun así, había algo que le intrigaba. Alguien se había encargado de esconderlo bien, con toda la intención del mundo, para que ningún extraño lo encontrara.

Alex se lo tomó como un divertimento. Como algo para pasar el rato y olvidar su mala racha.

Comenzó por la llave. No destacaba por nada, salvo por lo que ponía en el pequeño llavero: BOX 11. Parecía el número de una consigna o de una taquilla. No decía de dónde. Normalmente solían estar en una estación de autobús o de tren. En una, en algún lugar del mundo, debía haber algo guardado que según su propietario debía permanecer oculto.

A continuación se centró en el sobre. Era como aquellos en los que, años atrás, se enviaban las postales de Navidad: pequeño pero grueso. No parecía el sobre apropiado para lo que parecía contener, pero la presión que había recibido en un largo periodo de tiempo lo había apretado tanto que había quedado muy compacto.

Se decidió a sacar lo que había dentro, aunque en su casa no disponía ni de guantes ni de pinzas. Por ello, intentó hacerlo con el máximo cuidado posible para no romperlo. Por experiencia, sabía que el papel antiguo se deshacía fácilmente.

Efectivamente, en su interior había una hoja del tamaño, aproximadamente, de un folio reducida a su mínima expresión, por obra y gracia de los mil y un dobleces que había sufrido. Había algo escrito a mano, con ese tipo de letra que, cuando Alex era joven, llamaban de médico. A primera vista lo poco que pudo descifrar fue, arriba a la derecha, una fecha, diecisiete de mayo de 1993, seguida de un texto dividido en tres breves párrafos sin ninguna firma y, tan solo, un par de rallas que daban la idea de finalizar, sin más continuidad, lo que fuera que se decía en ese texto.

Releyó por encima queriendo comprender de qué trataba un documento que había ocultado, nada menos que un fiscal, durante tantos años. Pero no era nada fácil de entender.

Tenía que reconocer que el descubrimiento casual que había tenido lugar en la librería estaba captando toda su atención. ¿Sería algo importante? ¿Debería decírselo al señor Eladio? Rió. Incluso cuando no estaba delante de él lo trataba de señor.

Seguramente sería algo sin interés, pero le podía la curiosidad. Tomó las gafas que usaba en casa solo cuando sentía la vista cansada pero que, por presumir, pocas veces usaba, y acercó la lámpara de pie, que también tenía una pequeña de lectura. Encendió el portátil y abrió un documento en blanco para escribir aquello que fuera descifrando.

Con todo bien dispuesto se puso manos a la obra. Le llevó un par de horas en conseguirlo y, para cuando lo logró, fue consciente de su valor:

"diecisiete de mayo de 1993

Doy por bien finalizada su gestión G. E., tal y como convenimos. A partir de ahora se acaba nuestro trato comercial. En caso de coincidir en algún acto social, o de cualquier otro tipo, daremos a entender que no nos conocemos.

Como convenimos en su momento, encontrará el resto del importe pactado por sus servicios en una papelera a la derecha de la puerta principal del Parc de la Ciutadella, justo antes de que abran por la mañana. En dos bolsas de deporte azul estarán los veinticinco millones de pesetas en billetes grandes.

Por cierto, le recuerdo que usted es el único responsable de pagar a cualquier otra persona que haya intervenido en el asunto que nos ocupó en su momento. "

Cuando terminó de transcribir la última frase Alex volvió su vista al documento original y fue capaz de releerlo de un tirón. Ya se había hecho con la caligrafía de su autor y, en un impulso de autoprotección, llevó a la papelera de su ordenador el documento que había escrito y lo eliminó por completo. Ya no le hacía falta.

Se levantó y comenzó a dar vueltas por el comedor. Aquello pareció algo serio. En aquel tiempo, debía ser mucho dinero el que le pagaron a alguien por unos servicios que no se mencionaban y que, además, fueron entregados de una manera nada convencional.

Intentó recordar, sin éxito, el nombre del fiscal. Si sus iniciales eran G. E. se trataría de un caso de corrupción.

De repente, vio la luz. Era genial: el caso de un fiscal que había trabajado fuera de la ley se pagaría a buen precio en las televisiones. Le harían entrevistas, reportajes, especiales informativos... Tenía que encontrar toda la información posible antes de ir a vender la noticia.

¿Precio? Él también tenía que poner un precio a su historia. Ya lo pensaría más tarde. Pero de la misma manera que se ilusionó con la idea de sacar provecho con el hallazgo, de repente, le asaltó otra idea. Habían pasado demasiados años y, quizás, era ya un caso cerrado.

Decepcionado, se sentó y recogió el documento, lo guardó con mucho cuidado de nuevo en el sobre, y pensó en qué podía hacer. Tenía claro que no lo iba a devolver a la tienda y que no se lo diría a nadie, al menos de momento. De todas maneras, tampoco lo tiraría, por si acaso, pensó prudente. Lo guardaría en algún lugar dónde no estorbara, pero quería tenerlo cerca. Quizá algún día la viuda lo reclamara.

"Guillermo Estévez", recordó de repente. Ese era el nombre del propietario de la biblioteca en la que estaba trabajando. Definitivamente sí que lo guardaría, lo mejor que pudiera.

CAPÍTULO 4

Unos días más tarde, la colección del fiscal ya estaba expuesta para la venta y Alex trabajaba con nuevos ejemplares recién adquiridos por su jefe. Había olvidado todo lo relativo a su hallazgo hasta que, tres semanas más tarde, sucedió algo que precipitó los acontecimientos.

—No se lo va a creer. Ha venido un cliente que se ha pasado varias horas mirando y mirando la colección del fiscal —le comentó Jaime, a las seis de la tarde, cuando Alex se preparaba para marcharse—. Yo creo que ha visto, uno a uno, todos los ejemplares y nos ha elogiado por el buen trabajo realizado. Incluso me ha preguntado quién los ha dejado con tan buen aspecto. Creo que pronto nos comprará alguno. O, porque no, unos cuantos —concluyó con una sonrisa de satisfacción.

—¡Que ha venido alguien a ver la colección del fiscal! —exclamó Alex como si necesitara convencerse a sí mismo de lo que había oído—. No le habrá dicho que he sido yo, ¿verdad?

—Sí, por supuesto. Le he acercado al taller para que le viera, pero parece que usted no se ha dado cuenta. Se ha quedado impresionado por el resultado de su trabajo. Estos detalles son los que nos hacen mantenernos en este difícil mercado. Felicidades.

En un primer momento no le dio buena espina, tanto interés por parte de un cliente, pero disimuló y no quiso darle más importancia.

No volvió a pensar en ello hasta que, cuatro días más tarde, encontró la puerta de su piso reventada y todo por los suelos.

Aquel día, una vez presentada la denuncia a la policía, comunicado el incidente al seguro, con la puerta del piso arreglada y antes de irse al piso de Hugo, cogió la escalera del lavadero para desmontar el aplique del techo de la habitación y recoger aquello que parecía ser tan importante para alguien.

Pero, ¿para quién? y, sobre todo, ¿por qué?

Estaba claro que estaba relacionado con el hombre que había venido a la tienda a revisar los libros de la biblioteca del fiscal y que, al no encontrar lo que buscaba, entendió que lo debía tener la persona que había estado trabajado en ellos.

Estaba pronosticada una ola de frío, con temperaturas más bajas de lo habitual en aquella época, por lo que decidió ponerse la cazadora más gruesa que tenía y que le serviría para guardar, por el momento, lo que parecía ser tan valioso.

Antes de salir, intentó cambiar su aspecto habitual: se calzó las bambas más viejas que aún guardaba, y que aparecieron desperdigadas por el suelo junto a sus camisas, se mojó el pelo para intentar alisar todo lo que pudo sus ingobernables rizos, y se cubrió bien la cabeza con una gorra de Praga, regalo de Carlota al volver de uno de sus viajes de trabajo y que nunca se había puesto. Se sentía bastante ridículo. Le parecía que ya no estaba para ir por la calle con ese look y, aunque estaba bastante seguro de que no habría nadie vigilándole fuera, no quiso desafiar a su suerte. Por si acaso.

Con la maleta a rebosar de ropa y una bolsa de deporte igual de llena, se dirigió a la estación de metro más cercana en dirección al piso que su amigo le iba a dejar.

Se trataba de una vivienda que en estos momentos tenía vacía, en un edificio que había adquirido en plena Avenida Gaudí, a solo una manzana de la Sagrada Familia, y a pocos minutos del recinto modernista del Hospital de Sant Pau, en el otro extremo. De haber querido él comprar un piso allí seguro que no hubiera podido permitírselo.

Su amigo le esperaba en la portería, y su curiosidad, mezclada con la sinceridad con la que siempre le hablaba, pudo con él nada más verlo llegar:

—¿De verdad que te han robado? ¿A ti precisamente? ¡No me lo puedo creer! Pero si en ese piso no tenéis nada de valor.

Alex no se molestó por el comentario. De hecho, nunca se enfadaban entre ellos pues siempre se habían ayudado en lo que hiciera falta. Eso sí, Hugo siempre había tenido más éxito con las mujeres pues era más alto, siempre había hecho deporte, por lo que estaba muy en forma, tenía unos intensos ojos negros y, además, se había dejado algo de barba, cosa que parecía gustar mucho pues a él le quedaba bastante bien. Lo importante era que, aunque en los negocios fue el que tuvo más suerte, no por ello, olvidó a su amigo.

De jóvenes nadie lo hubiera esperado, pero Hugo supo administrar, de una manera muy inteligente, la herencia que le cayó del cielo, e invirtió el dinero en inmuebles. Unos pocos los puso en alquiler y los otros los destinó a pisos turísticos.

Ya dentro del que le dejaba, Alex dudó por unos instantes, pero al final acabó explicándole parte de la historia. Tenía necesidad de contárselo a alguien. Aunque, de momento, solo lo relativo a su hallazgo.

—¿Y qué vas a hacer? ¿Por qué no se lo has dicho a la policía cuando vino?

—Pues porque seguro que me acusaría de haberme quedado con algo que no me pertenece. Ahora, cuando venía hacia aquí, he pensado que voy a pedirme unos días de vacaciones, y así veré de qué va todo esto. Además, como parece que hay alguien dispuesto a recuperar lo que yo tengo no se lo voy a poner fácil y le voy a poner un precio.

—¿Me estás hablando en serio? A ver si tengo que llamar a Carlota para que hable contigo seriamente.

—¡Ni se te ocurra! Yo creo que no me llevará mucho tiempo. Si veo que es peligroso lo coloco de nuevo en la tapa del libro y se acabó. Eso sí, por favor, de momento de esto ni una palabra a nadie.

—Vale, pero si te encuentras en apuros o necesitas ayuda dímelo.

—Muchas gracias. Tú sí que eres un buen amigo. Quizá solo hay algo que sí necesito. ¿Me puede dejar dinero en efectivo? —le pidió algo avergonzado, sin darle más explicaciones, pues sabía que él conocía perfectamente su situación económica.

—Toma —dijo Hugo, mientras rebuscaba en su cartera y sacaba varios billetes, que dejó sobre una mesita que había junto a la puerta de la entrada—. Si necesitas algo más dímelo —concluyó mientras se giraba para marcharse.

El piso, que estaba en un pequeño edificio de tres plantas que habia sido reformado totalmente por su amigo, era muy pequeño: solo contaba con una cocina americana, cuya isla la separaba del salón en el que había un gran televisor colgado en la pared y cuatro amplias butacas, un baño completo y dos habitaciones, una con dos camas individuales que podían unirse, y la otra con dos literas. Justo lo que podía necesitar aquel que viniera de paso a la ciudad por poco tiempo, fuera con familia o con amigos. La decoración tenía una clara intención de recordar a sus inquilinos dónde se encontraban: cuadros con imágenes del Parc Güell, de la Catedral, del hotel W visto desde la playa, y una panorámica de Barcelona desde el Tibidado, esculturas hechas con el trencadís típico de la obra de Gaudí, en la cocina platos con detalles de Miró…

Con tanto sobresalto, Alex no se aguantaba en pie, por lo que no tardó ni cinco minutos en quitarse la ropa e irse a dormir. Se olvidó hasta de que el motivo por el que se encontraba allí seguía en su cazadora.

Al día siguiente, justo a la hora en la que debía comenzar a trabajar, Alex llamó a la librería para pedir unos días de vacaciones. El señor Eladio se quedó bastante sorprendido pues, para alguien como él, que lo más importante en la vida era su tienda, que un empleado le solicitara, casi impusiera, que le diera vacaciones anticipadas, se salía de sus esquemas. Pero Alex intentó tocarle la fibra y, al decirle que necesitaba salir de la ciudad, que necesitaba aire fresco después de tanto tiempo trabajando encerrado en el taller, se ablandó y se las concedió.

Ya más tranquilo al saber que contaba con unos días para pensar y organizarse, recordó de repente que lo que había traído con él corría peligro. ¡Cómo podía haber sido tan descuidado! Sacó de su cazadora el sobre y la llave, y les buscó un escondite en su piso prestado. De momento, tendría que conformarse con dejarlos en la cocina, detrás de una baldosa que se movía tras la nevera.

Como el piso estaba sin provisiones, decidió bajar a la calle para comprar algo en el primer supermercado que encontrara. No tardó en regresar con una bolsa llena de comida precocinada, latas de coca-cola, pan, algo de embutido, café, leche y bollería . Después de guardarlo todo miró la hora y vio que casi era la una. Sus tripas parecieron reaccionar ym de repente, comenzaron a rugir. Hacia horas que no comía. Por ello, lo siguiente que hizo fue prepararse un café al que acompañó con un par de magdalenas y un poco de pan con mortadela. Sabía que no era ni la comida perfecta, ni la más sana, pero, en aquellos momentos, era lo que más le apetecía. Para tomárselo se acomodó en la isla de la cocina, mientras daba vueltas en su cabeza pensando qué debía hacer a partir de entonces.

Haciendo memoria del contenido de su botín, estaba claro que el documento debía ser importante para alguien, y la llave debía abrir algo de valor, por lo que era básico comenzar por ahí. Por ello, en cuanto terminó con la última magdalena y lo recogió todo, sacó del escondite su hallazgo para volver a examinarlo.

Tomó la llave y releyó la nota del pequeño llavero: BOX 11. ¿En dónde estaría esa consigna en la que debía haber algo que el fiscal quiso mantener oculto a los demás?

Trató de recordar cómo había encontrado ambos objetos. Ya había acabado de reparar la aburrida colección jurídica y estaba trabajando con la colección de botánica. Ésta tenía unas ilustraciones de muy alta calidad y fue un trabajo muy agradable de realizar. Sí, ya recordaba, fue en un tratado de plantas medicinales de la Vall d'Aran. ¿Y si la consigna que buscaba estaba en esa comarca?

Allí, la población más importante era Vielha. No conocía la localidad, solo habían pasado por esa zona en alguna ocasión, de camino a algún otro sitio, pero debería considerar el ir a investigar. Podía ser un punto de partida.

Quizás encontraría la taquilla en la que encajara la llave y, en su interior, descubriría algo que le orientaría en por qué alguien había querido ocultarlo con tanto esmero.

En eso pasó la mañana y se hizo la hora de comer. Se preparó un plato precocinado de pasta en el microondas y, cuando terminó, entró en internet para alquilar un coche. Por suerte, aún le quedaba algo de saldo en su tarjeta de crédito.

Decidió ir a recogerlo en seguida y, ya con el medio de transporte asegurado, entró de nuevo en Google para descargarse un buen mapa de Vielha. Se hizo con uno en el que se veía con claridad el nombre de las calles y los lugares más destacados. Lo primero que buscó fue la estación de autobuses de la localidad, por ser el típico lugar en el que encontrar consignas pero, para su sorpresa, no dio con ninguna. Siguió estudiando el mapa y localizó una oficina de correos. Quizá se tratara de un apartado, pensó. Cruzó los dedos esperando que la compañía aun lo mantuviera. Aunque no parecía el sitio más adecuado para guardar algo en su interior, por un largo periodo de tiempo, sin que nadie lo recogiera. ¿O quizá estaba equivocado? Bueno, no tenía nada que perder. Si alguien de la oficina le preguntaba diría que iba de su parte.

Miró el reloj del móvil. Ya eran casi las nueve de la noche. Debía cerrar todos los flecos de su viaje. Era un trayecto largo y le sería algo pesado ir y volver en un solo día. Tendría que buscar alojamiento para una noche, pero ya lo haría allí mismo.

Con todo más o menos bajo control, se decidió a guardar en los armarios y en el baño lo que había traído de su piso, y preparó la bolsa, con algo de ropa, para la escapada del día siguiente. Recuperó del escondite la llave misteriosa y la guardó en la cazadora con cuidado para que no se le cayera durante el viaje y, sin ningún detalle pendiente, se dispuso a prepararse un bocadillo de queso para cenar. Quería acostarse pronto y levantarse temprano a día siguiente.

Pero Alex cometió dos errores antes de poner el "no molestar" en su móvil: por un lado no llamar a Carlota, como hacía siempre después del trabajo, y, por otro, avisar a su amigo de que se marchaba por un par de días en busca de algo que aun desconocía.

CAPÍTULO 5

Al día siguiente hacía las nueve, en el coche de camino a Vielha, Alex llamó a Carlota con el manos libres. Tenía nada menos que cincuenta y tres llamadas perdidas, y otros tantos mensajes de voz, en el que le preguntaba, angustiada, qué sucedía. Además, como llamó a varios conocidos por si sabían algo de él, también tenía otras tantas de todos ellos. Cuando por fin habló con su mujer la bronca sustituyó al saludo preocupado:

—¿Se puede saber dónde estabas? ¿Por qué no me llamaste? Sabes que me alarmé con el tema del robo y pensé que te había pasado algo malo. ¿Dónde estás ahora?

—Perdón, perdón, perdón. No en qué estaría pensando. Llegué agotado del trabajo —mintió y en seguida se lamentó—. Solo quería irme a dormir.

—¿Pero estás bien? No me has contestado. ¿Ya estás trabajando?

¡Mierda!, pensó Alex, seguro que se ha dado cuenta de que la llamada no suena como cuando habla desde la tienda. Debía oír el motor del coche:

—No, hoy no voy a la tienda. El señor Eladio me dijo que fuera temprano a un piso para ver si nos puede interesar una colección que nos quieren vender y por aquí hay mucho ruido —Alex se sintió fatal mientras engañaba a su mujer—. Ya sabes que a veces me toca hacerlo. Él no llega a todo, y eso significa que confía en mí y que valora mi opinión.

—Bueno, pues entonces te dejo. No te olvides de explicarme esta noche cómo te ha ido. Un beso.

Cuando cortó la comunicación consideró si debía hablar con Hugo y, al final, decidió hacerlo. Como todavía no había desayunado, decidió parar en Manresa a tomar algo y así aprovecharía para llamarle. Sentía que tenía que confiar en alguien y explicárselo todo. Por ello, pese al frio, buscó un bar con terraza para poder hablar sin preocuparse por si le escuchaban oídos indiscretos. Cuando ya tuvo su desayuno sobre la mesa, le llamó y comenzó a explicarle, con detalle, lo de la extraña visita a la tienda interesándose por la colección, y por qué creía que estaba relacionada con el asalto a su casa. A continuación, le explicó lo que había decidido hacer aquel mismo día:

—¿Seguro que no será peligroso? ¿No te parece que estás metiéndote en algo que no te incumbe?

—Bueno, eso no lo sabemos todavía. Está claro que alguien quiere recuperar lo que yo tengo, y será por algo. Se lo devolveré, pero todavía no sé a qué precio.

—¡Qué estás diciendo! ¡Estás loco! ¿Se lo has dicho a Carlota? Ayer no le cogías el teléfono y me llamó asustada. No sabía qué decirle.

—Ya hablé con ella hace un rato y no le he comentado nada. No lo hagas tú tampoco, por favor. Ya se lo diré yo si es necesario.

—Bueno, tú mismo. Oye, para quedarme tranquilo, pásame de vez en cuando tu ubicación. Ya sé que puede parecer exagerado, pero si en un par de días no has vuelto daré parte a la policía.

Tras conformarse ambos con ese pacto, Alex regresó al coche, dispuesto a no parar hasta llegar a su destino.

El día era gélido: de madrugada parecía que había helado porque la escharcha aún era bien visible a ambos lados de la autopista. Además, nubes negras amenazaban tormenta. Pero, afortunadamente para Alex no llegó a caer una sola gota durante el trayecto, cosa que agradeció pues no tenía demasiada práctica al volante. Casi siempre era Carlota la que conducía, sobre todo en los viajes largos, o cuando el camino amenazaba con tener muchas curvas.

Nada más entrar en Vielha aparcó en el primer estacionamiento gratuito que encontró.

Fue al bajar del coche cuando se dio cuenta de que allí, la noche anterior, había nevado con intensidad, pues todas las zonas ajardinadas estaban cubiertas con más de dos palmos de nieve. Pero parecía que hacía rato que lucía sol y que los quitanieves habían limpiado tanto la carretera de acceso como las calles y aceras. Cosa que agradeció.

Por otro lado, las vistas eran espectaculares. En el pleno corazon de los Pirineos, si alzaba la vista, todas las montañas que le rodeaban lucían de un blanco nuclear aunque, como resultado, suponía una sensación de frio bastante intensa para alguien, como él, que no estaba acostumbrado.

Después de caminar un poco para entrar en calor, y ya más centrado en el asunto que le había llevado hasta allí, preguntó por la oficina de correos a la primera persona con la que se cruzó, una mujer que luchaba con su niña de unos tres años para cruzar la calle. Según le indicó, se encontraba a menos de cinco minutos a pie, pero le recordó que eran casi las dos de la tarde y que, si no se espabilaba, se la encontraría cerrada y tendría que esperar al lunes.

Así, de repente, a Alex le surgieron las prisas. No se había dado cuenta del día que era, y no podía permitirse el lujo de pasar allí el fin de semana si se despistaba.

En el camino, le sorprendió el ajetreo de la gente, arriba y abajo: niños que, a esas horas, acababan de salir del colegio y estaban jugando entre ellos camino de sus casas; guardias ordenando el poco, o mucho para aquella población, tráfico que había por las calles; hombres y mujeres con sus bolsas de la compra; algún oficinista o empleado de banca reconocibles por su forma de vestir… Solo se distinguía este lugar de Barcelona y alrededores por sus gruesos abrigos y botas, y por el blanco de la nieve que les rodeaba.

—No hace falta que coja número. Pase —le dijo el empleado de correos, ya con las llaves de la puerta en la mano, cuando le vio llegar.

—Venía a ver si hay algo en el apartado —respondió con resolución mostrando el llavero en su mano y dirigiéndose a los casilleros que había visto de reojo al entrar justo a su derecha.

—¿Cuál es su número? Ya se lo alcanzo yo desde aquí.

Alex se quedó algo cortado al no esperar la atención que le ofrecía el funcionario. La sorpresa vino cuando le dijo el número.

—¿Seguro que es el once? Ese no puede ser. Es el casillero de Octavi, nuestro vendedor de la ONCE. Usted debe ser nuevo aquí. ¿En qué hotel trabaja? Pregunte a su jefe cuál es el casillero correcto y vuelva el lunes, porque ya es hora de cerrar.

Confundido, salió de la oficina dudando entre si lo estaba echando tras mentirle, para evitar que se hiciera con el contenido secreto, o si lo hacía por algún otro motivo más trivial. De todas formas, ya no podría volver hasta el lunes, por lo que buscó un lugar donde tomar algo y pensar.

Se había quedado bastante contrariado. Quizá era una señal para abandonar su muy incipiente investigación. Pero enseguida eliminó esa idea de su cabeza.

Entró en el primer bar que encontró y, mientras se tomaba un bocadillo con una cerveza, vio ante él un cartel publicitario que le sugirió otra posibilidad. Se trataba del Museo de la Vall d'Aran. Era probable que allí hubieran taquillas y la llave fuera de una de ellas. Por probar no tenía nada que perder. Sobre todo, teniendo en cuenta que, por lo pronto, a Correos no podía volver.

Acabó su frugal comida y, tras pagar, preguntó cómo llegar. Lo cierto era que allí todo estaba cerca y, en tan solo diez minutos caminando, se plantó ante la puerta.

No pudo menos que pararse a contemplar el edificio que tenía ante sus ojos. Le recordó a un robusto castillo, pequeño pero imponente. Sobre todo por la sólida torre que destacaba en él. La construcción no era muy grande, pero daba a entender que allí vivió, en su momento, alguna familia importante de la zona.

Justo a esa hora volvía a abrir y no dudó en entrar detrás de las dos empleadas. Suerte, pensó, que en los pueblos son todos muy confiados porque, mientras ellas se metían en un despacho tras el pequeño mostrador de información, Alex se quedó en el mismo quicio de la puerta buscando si habían taquillas para los visitantes. Efectivamente las tenían. Estaban a su derecha, en un rincón antes de llegar al baño. No se lo pensó ni un momento, buscó la número 11, sacó rápidamente la llave de su bolsillo y, por fin, la llave entró como un guante. Se giró para comprobar si alguien se fijaba en él. Pero no, nadie estaba pendiente de lo que hacía. Básicamente porque, en ese corto espacio de tiempo, había entrado un pequeño grupo de turistas franceses a los que estaban atendiendo las dos empleadas, que ya estaban en su puesto de trabajo vistiendo el uniforme del museo.

Algo más tranquilo, se concentró en ver si dentro de aquella taquilla había algo. La abrió decidido pero con cierto temor. Para su sorpresa, parecía haber una única cosa: un enorme sobre con algo que abultaba bastante. Lo cogió rápidamente, y metió la mano por si su vista le fallaba, pero no, no encontró nada más. Cerró de nuevo con la llave y, justo en ese momento, se dio cuenta de que quizá debería haber usado guantes. Pero ya era tarde. Sí, había dejado sus huellas, pero hacerlo de otra manera hubiera parecido mucho más sospechoso de lo que ya era, razonó para justificarse a sí mismo.

Con el sobre bajo el brazo se dirigió hacia la puerta y, sin mirar atrás, solo intuyendo que las empleadas estarían vendiendo las entradas al grupo y les estarían dando las indicaciones a seguir en la visita al museo, salió lo más rápido que pudo.

Sin saber hacia dónde dirigirse, decidió deshacer el camino andado desde que llegó, para poder regresar al lugar donde había aparcado el coche.

De forma mecánica, se subió a él y bloqueó las puertas. Miró a su alrededor para ver si alguien se fijaba en él y, respirando hondo, se decidió a abrir el sobre con cuidado. Fue entonces cuando vio que se trataba de un voluminoso dossier: *"Informe forense realizado por el Dr. Vicente Bermejo - Víctima Alfredo Rivero Hidalgo a PETICION del FISCAL Guillermo Estévez Trías en fecha 27 noviembre 1987."*

O sea, esto era lo que el fiscal guardaba con tanto empeño y que alguien quería recuperar. Parecía ser algo serio.

¿Qué relación podía tener aquel hombre con un informe forense de un tal Alfredo Rivero que había permanecido oculto durante años?

No dudó más y arrancó el coche. Decidió no quedarse más tiempo en Vielha, por si alguien se hubiera dado cuenta de lo que había hecho y le reclamaba algo. Aún era de día pero en las montañas pronto anochecía. Lo mejor sería pasar la noche en algún lugar de regreso a Barcelona.

Allí no se sentía seguro.

CAPÍTULO 6

Tras una hora de camino, estaba a punto de llegar a Pont de Suert y quería alojarse en el primer hostal o pensión que allí encontrara. No era tarde, pero ya había anochecido, por lo que esperaba encontrar algún cartel luminoso por la carretera que anunciara el establecimiento que necesitaba.

No tardó en ver uno y, pese a que a la palabra HOSTAL le faltaban la O y la L, se sintió aliviado y buscó aparcamiento. No quiso perder más tiempo, cogió su bolsa con la ropa y fue, en seguida, a reservar una habitación. Justo cuanto abría la puerta, por un momento, dudó. De haber ido con Carlota se hubieran dado la vuelta. Levantó la cabeza y miró el horrible estado de la fachada: la pintura debió haber caído hacía bastante tiempo y, además, la puerta estaba desencajada.

—¿Desea algo? —oyó que le gritaban desde dentro—. Si quiere una habitación decídase, porque solo me queda una, y si tarda en decidirse la perderá.

Alex acabó de abrir y vio al hombre que le había dirigido la palabra tras un simple y desangelado mostrador de madera, en una oscuridad rota apenas por un par de bombillas que colgaban con resignación del techo. Mientras entraba con recelo y cerraba, con dificultad, la puerta que se aguantaba por una sola bisagra, valoró el marcharse educadamente simulando que buscaba otro lugar. Pero al final, el cansancio y el hecho de que necesitaba pasar allí una sola noche y largarse inmediatamente a Barcelona a la mañana siguiente, pudo más.

—Buenas noches. Sí, quiero una habitación para esta noche.

El desagradable recepcionista, un hombre al que le sobraban muchos kilos, con pelo grasiento y que lucía una sucia camiseta de tirantes como si estuviera en pleno verano, no le solicitó sus datos personales. Tan solo se limitó a informarle del precio de la habitación, cincuenta euros, y tras cobrárselos con un mugriento TPV, le dio la llave. Alex se sintió engañado, pero no quiso discutir. Estaba claro que por ese establecimiento nadie pagaría un precio semejante. No se sentía bien allí pero, se repitió de nuevo, solo sería por una noche.

Con la llave en la mano, Alex dudó qué hacer a continuación, si subir sin más preámbulos a la habitación o no. El recepcionista ya no le hacía caso, pues se había dado la vuelta y se había sentado, centrando su atención en un partido de fútbol que a duras penas se veía y, afortunadamente para Alex, se escuchaba en una vieja televisión colocada en un rincón.

Al final, aun cargado como iba, decidió esperar a más tarde para saber qué le deparaba el alojamiento contratado, por lo que se dio la vuelta para salir y buscar algún sitio para cenar. Esta vez decidió no entrar en el primer lugar que encontrara por lo que, aunque hacía bastante frío, caminó un poco hasta llegar al centro de la población. Así también podría pensar. Miró la hora y vio que faltaba poco para las ocho. Su cabeza no paraba de darle vueltas a lo que había descubierto en Vielha y se dio cuenta de que no podía perder más tiempo.

No tardó en pasar por delante de un bar-restaurante donde varios escandalosos jóvenes le sacaron de sus pensamientos, con sus risotadas, el elevado tono de sus voces y su manera de hablar, o de discutir, no lo tenía claro. De todas maneras, se decidió a entrar. No le importó que la cocina estuviera cerrada, pues la oferta de una hamburguesa y una cerveza para tomar en la misma barra le supo a gloria.

Mientras le preparaban su consumición decidió llamar a Carlota. No le gustó pero, no tuvo más remedio que engañarle de nuevo, cuando ella se quejó del ruido que había y le preguntó dónde estaba:

—Con tanto ir arriba y abajo estoy muy cansado y he decidido cenar en el Frankfurt que hay al lado del piso que Hugo me ha dejado. Además, piensa que la nevera está vacía, mintió. Ya me pasaré mañana por el súper. ¿Y tú? Cuéntame, ¿qué tal tu día? —terció Alex para no darle la oportunidad de seguir preguntándole. Afortunadamente, logró despistarla y quedaron en llamarse al día siguiente.

Una vez terminó su cena, y antes de regresar al tétrico hostal, Alex pasó por un paki y compró un pack de latas de coca-cola y una botella grande de agua. Imaginaba que la noche sería larga.

Cuando entró al hostal, la recepción estaba del todo desatendida, y el silencio le hizo sentir incómodo. Leyó el número de su habitación en el llavero, la 34, por lo que estaría en el tercer piso. Buscó un ascensor pero solo encontró unas empinadas escaleras en las que cada peldaño amenazaba con hacerle resbalar. A medida que subía, aguzaba el oído, pero no se escuchaba absolutamente nada. Parecía ser el único huésped. Cuando llegó a su habitación, y la abrió, ya estaba preparado para lo peor. Palpando la pared encontró el interruptor de la luz. Cuando lo encendió se encontró con una pequeña estancia en la que apenas había una pequeña cama con una horrible colcha de punto medio deshilachada, un armario de madera con las puertas a punto de caer, y una silla que sospechaba no aguantaría mucho peso. Cuando entró en el baño vio que no mejoraba, para nada, la imagen de aquel establecimiento: contaba con un lavabo de cuyo grifo solo salía agua fría, una ducha sin cortina, y un wáter con la cisterna colgada en la pared con la cadena para tirar. No había toallas. Lo que sí había por el suelo eran varias arañas muertas o, quizá, casi congeladas por las bajas temperaturas de aquellos días. Bueno, solo es para una noche, se repitió de nuevo para convencerse.

Decidió dejar de lado sus manías y se armó de valor para ducharse. Si Carlota lo hubiera visto no se lo hubiera creído. Él estaba acostumbrado a hacerlo con el agua bien caliente, por lo que, cuando le cayó encima el primer chorro creyó que no sobreviviría. No soportó más que un par de minutos y, como afortunadamente, había traído su propia toalla, comenzó a frotarse bien para entrar de nuevo en calor.

Una vez recuperado, se volvió a vestir con la misma ropa de calle que traían y se estiró en la cama sin deshacerla. Tras abrir una de las latas de coca-cola se dispuso a ver, por fin, qué de interés tenía aquel grueso dossier que había llegado a sus manos y que parecía tan preciado para alguien.

Primero hojeó su contenido. Se trataba, efectivamente, de un Informe Forense provisto de multitud de fotografías de una autopsia; de un Informe de Balística y de un Informe de Laboratorio. Todo *"en relación al análisis de las pruebas proporcionadas"*, según decían.

Comenzó por el Informe Forense con la autopsia. Desconocía muchos términos, pero años y años de CSI y otras series en televisión sobre médicos, crímenes y asesinatos, hacían que le sonara el vocabulario empleado. Después de leer unos pocos párrafos, en seguida pudo confirmar que el tal Alfredo Rivero había sido asesinado por medio de dos disparos efectuados a unos sesenta centímetros de distancia, uno con entrada en la cabeza y el otro en el cuello. Su cuerpo había sido encontrado sentado en una silla, sobre una mesa mientras escribía en un talonario. Solo le dio tiempo a poner la fecha, 22 de noviembre de 1987. La muerte había sido instantánea. La bala de la cabeza había quedado alojada en su cerebro y, una vez extraída, quedaba a disposición de Balística para que hiciera su informe.

La del cuello tenía orificio de entrada y salida, y fue encontrada en la pared. También quedaba en manos de Balística.

El detalle de lo que pesaban sus órganos le resultó especialmente desagradable. Las imágenes que acompañaban a todo el relato médico le hizo tener que dejarlo e ir al baño para mojarse la cara y después abrir la ventana. Necesitaba que entrara aire, glacial a esas horas, para poder recuperarse de lo que estaba leyendo. Estaba claro que verlo en una serie de televisión no era lo mismo que leer sobre algo verídico, sobre algo que le había ocurrido a alguien, de carne y hueso como él.

Cuando se recuperó retomó la lectura. El forense también daba datos sobre los hematomas que había sufrido al defenderse, al caer sucesivas veces, y al luchar con su agresor. No se podía determinar si eran uno o varios los atacantes.

Como en las películas, el profesional también analizó sus uñas, y anotó haber encontrado restos de piel. Dichas pruebas quedaban a disposición del Laboratorio para su análisis, así como varios pelos, de unos sesenta milímetros aproximadamente, que se habían encontrado en las mangas de su camisa.

Alex decidió dejar de leer el Informe Forense y pasar de largo el resto de imágenes pues no tenía estómago para ello.

Prefirió seguir con el Informe de Balística. En él se hacía referencia a las características de las heridas recibidas por la víctima, a las características de la munición empleada, al tipo de arma usada, a la distancia a la que se realizaron los disparos y al ángulo con el que se realizaron, entre otros muchos detalles. Además, confirmaba que el arma era la que habían encontrado entre unos matorrales en la falda de Collserola. Con ella también se había encontrado una llave, la de la verja de entrada de la casa de la víctima. Leyó varias veces el informe pero esos detalles no le decían gran cosa.

Lo que a él le pareció más interesante fue saber que, finalmente, todo indicaba que fue una sola persona la que había disparado. Aunque aún no sabía bien para que pudiera servirle dicha confirmación.

Siguió con el Informe del Laboratorio que, en realidad, eran dos, fechados con ocho días de diferencia. En el primero se había trabajado sobre los restos obtenidos en las uñas del fallecido y con los pelos extraídos de su ropa.

Tras leer sobre la técnica usada para extraer dichas muestras, sobre cómo se habían conservado, sobre cómo habían llegado, y sobre cómo se había procedido para su análisis, Alex encontró algo interesante. El laboratorio había conseguido extraer su ADN y, según aseguraba, solo había uno por lo que se trataba de una sola persona. En eso coincidía con el Informe de Balística. El documento también decía que se procedía a enviar dichas muestras al departamento encargado, y que éste sería el que emitiría el posterior informe.

Así era como, días más tarde, se emitía el segundo que ahora comenzaba a leer.

Si por un momento los ojos de Alex amenazaban con cerrarse de cansancio y, por qué no por momentos, de aburrimiento, de repente se abrieron. El informe daba un nombre, un propietario del ADN que había quedado retenido en las uñas de la víctima y en los cabellos de su camisa, y que no podía ser más que de su asesino. Un tal Félix Solano Ruiz, fichado en 1983 por conducción temeraria, con el resultado de un grave accidente en el que resultaron heridas dos personas y fallecida una tercera. Según exponía, el conductor iba bebido y drogado y en el juicio que se realizó se aportaron todo tipo de pruebas, por lo que el juez pidió que quedara en su ficha el registro de su ADN.

Alex intentó recapacitar. Tenía una víctima y un culpable. Todo parecía claro. Se trataba de un caso cerrado. ¿O no? ¿Pero por qué tenía un fiscal dichos informes?

Por lógica, el tal Félix Solano debía estar, o haber estado, en la cárcel.

Por un momento, quiso consultar en internet para buscar información sobre ese asesinato o sobre el juicio. Quería ver si había participado en él el fiscal cuya biblioteca había caído en sus manos. Pero solo contaba con el móvil y no era nada práctico.

Miró el reloj. Eran casi las cuatro de la madrugada y había acabado con casi todas las latas de coca-cola. Lo mejor sería dejarlo e intentar dormir, si la cafeína le dejaba.

Puso la alarma del móvil para las nueve. Debía regresar a Barcelona lo antes posible.

Aquello se estaba poniendo interesante, y cada vez estaba más claro que debía ponerle un precio.

CAPÍTULO 7

Al día siguiente, sábado, amaneció un día más frío aún que el anterior, pero muy soleado. En cuanto sonó su alarma Alex se puso en marcha. Había conseguido dormir, pero su cabeza no había descansado. En sueños, no había parado de repasar los documentos que obraban en su poder.

Tenía que volver y descubrir que había tras ellos. No quería perder ni un minuto más allí.

Desde dentro de la habitación se oía mucho bullicio en la calle, por lo que se asomó a la ventana para ver de qué se trataba. No eran más que una gran cantidad de aficionados al esquí, que habían llegado al pueblo con la clara intención de almorzar antes de llegar a las pistas de Boi-Taüll o de Vaqueira. Se les veía con la emoción y las ganas de aprovechar al máximo un fin de semana, practicando el deporte y las relaciones sociales que esta afición suponía. Pronto acabaría la temporada, y era cuestión de aprovechar estos últimos días de nieve.

Había tanto familias, muchas de ellas de cuatro o cinco miembros, como grupos de amigos. La gran mayoría parecía que eran asiduos, pues se saludaban efusivamente e, incluso, se citaban para encontrarse de nuevo en su destino.

Cuando bajaba por las escaleras para marcharse pensó, por un momento, si alguna de las personas que había visto desde la ventana estaría dispuesta a alojarse allí. Si se cruzaba con alguien con la intención de hacerlo estaba por alertarle de que no lo hiciera. Pero no hizo falta. En cuanto llegó a la recepción vio que seguía abandonada, como la noche anterior, pero que ahora tenía un cartel que decía: COMPLETO. Alex no se lo creyó, pero pensó que, en bien de sus posibles e inocentes clientes, era lo mejor.

Ya en el coche, y según el caos que reinaba en esos momentos por las calles, agradeció que su camino fuera en sentido contrario. Esas largas colas debían formar parte del precio por pasar un fin de semana en la nieve.

Cuando ya llevaba un buen rato de camino llamó a Hugo:

—¿No me digas que te he despertado?

—Hombre, pues sí. ¿Dónde estás?

—De regreso. Te quiero en el piso a la una. Tráete tu portátil. Tenemos trabajo.

—Alto, alto. Tengo planes para este fin de semana. He quedado con Cris.

—¿Esa chica que conociste hace dos semanas? Pues dile que te ha surgido un imprevisto y que no puede ser. Apenas la conoces y es una buena ocasión para saber cómo reacciona —le contestó Alex con ironía.

Como su amigo no estaba dispuesto a cambiar a su chica por su amigo, Alex tuvo que insistir y adelantarle parte de lo que había descubierto en el dossier. Solo entonces Hugo accedió:

—Está bien, está bien. De acuerdo. Pero si acabamos pronto me voy con ella. La verdad es que me gusta mucho esa chica.

Más conformes los dos, quedaron en que Alex se encargaba de la comida y que su amigo traería las bebidas.

Ya en Barcelona lo primero que hizo fue devolver el coche a la compañía de alquiler y, en cuanto entró en el piso y puso en marcha la calefacción, entró en el app de Glovo encargando una pizza para él y comida japonesa para su amigo.

Para recuperarse del shock sufrido la noche anterior, decidió darse una ducha bien caliente y se puso ropa cómoda. Quiso afeitarse pero ya era tarde.

Hugo no tardó en llegar y entró con su propia llave:

—Coño tío, me has asustado —exclamó con enfado Alex, pues estaba tan abstraído que había olvidado que no estaba en su propia casa.

—Perdona, tendría que haber picado antes al timbre. Espero que no me hayas hecho perder una cita con mi novia por una tontería. Aquí traigo una botella de vino tinto y cervezas. Explícame cómo quieres que te ayude. Así acabaremos pronto y podré irme.

En ese momento sonó el portero automático. Traían la comida.

La idea de Alex era acabar de explicarle con detalle todo lo que había descubierto mientras comían y, después, pensar qué hacer a partir de entonces, en un intento de convencer a su amigo para le ayudara.

—Mira, no me líes. Yo te doy ideas, te ayudo a buscar información, pero no quiero problemas —se excusó Hugo, viendo que eso podía tomar un cariz algo peligroso—. ¿Te puedo preguntar una cosa? ¿Por qué quieres meterte en esto? Sí, es verdad que entraron en tu piso, pero si vuelves a dejarlo todo donde estaba, en aquel libro, y aquel hombre lo recupera, eso habrá quedado solo en un susto.

—Yo también he pensado en esa opción durante todo el viaje de vuelta pero he decidido que quiero llegar hasta el final. Si aquí hay algo importante tendrá un precio y yo necesito cobrármelo como el aire que respiro. Tenemos unas cuantas deudas y, como siga así, nos van a quitar el piso. No nos lo podemos permitir. He de ver bien de qué va esto y pensar en su valor.

—Sigo pensando que puede ser peligroso. Pero quizás, hasta que no le veas las orejas al lobo, no decidas dejarlo. ¿Por dónde empezamos?

Lo primero que hicieron después de comer, cada uno con su portátil y sentados en las butacas del salón, fue buscar información sobre la víctima, el tal Alfredo Rivero Hidalgo.

Se trababa de un destacado y próspero diseñador y empresario de la industria de la moda que había destacado en los últimos años. Tanto se movía entre la jet set de la época como en el pret-a-porter y había abierto sus propias tiendas en las principales ciudades españolas con la marca *Júpiter*. Además, se decía que tenía el proyecto de abrir locales con sus creaciones más populares fuera del país. Era muy conocido por las celebrities de aquellos años y salía en todas las revistas de moda.

Por ello, cuando un veintidós de noviembre de 1987 apareció asesinado en su mansión, toda la prensa de la época se hizo eco, como el importante y mediático hombre de negocios que era.

—¿A ti te suena de algo todo esto? Yo entonces era muy pequeño y no recuerdo haber oído antes estos nombres —preguntó Alex a su amigo.

—¿Pero qué edad te crees que tengo? ¡Solo te llevo un año! Y no, a mí tampoco me suena. Solo quizá, y muy vagamente, ese nombre de *Júpiter*. Creo que ahora es una marca de ropa de baja calidad y pasada de moda. Me da a mí que hoy día casi nadie la debe comprar. Diría, a ver —y tecleó rápido en su portátil—, que no hay tiendas con ese nombre. Ves, no hay ninguna —confirmó según el resultado que le proporcionó Google.

—Busquemos algo sobre la investigación que se hizo entonces —terció Alex para proseguir en aquel asunto que cada vez le interesaba más.

Estuvieron un buen rato en silencio cuando Hugo pareció hallar algo:

—Acabo de encontrar una cosa interesante. Según decía un diario, la policía dio con dos sospechosos que podían haber cometido el asesinato. Uno era un rival del sector pero con el que a menudo colaboraba, un tal Ignacio Santamaría. A veces lo hacían para exponer sus diseños de manera coordinada o para obtener ambos ventajas económicas o comerciales ante las autoridades del momento. Aunque también, a menudo, discutían en público, acusándose mutuamente de robarse ideas o pisarse el terreno. Se sabía que muchas veces quedaban, en casa de uno o del otro, por lo que, cuando analizaron la del fallecido, estaba llena de las huellas del rival. Unos años antes habían tenido una larga racha de enemistad, pues *Júpiter* había entrado primero en el mercado inglés, cosa que habían convenido que harían a la vez.

El otro sospechoso era uno de sus directivos, Félix Solano. Con él se sabía que, desde hacía tiempo, no había buena relación por el tipo de estrategia que quería desarrollar para la internacionalización del negocio en Estados Unidos. Además, parece que trabajaba en la sombra en favor de otra empresa del sector llamada *Índico*. Tal era así que, al enterarse de la doble jugada, Alfredo Rivero lo despidió un año antes de ser asesinado. Pero el caso es que, finalmente, *Júpiter* desarrolló con gran éxito una propuesta similar a la que tanto había rechazado de su antiguo directivo, cosa que le ofendió. A resultas de todo ello, Félix Solano solía decirle a todo el mundo que Alfredo Rivero se lo pagaría de alguna manera. Contaba que le había hecho perder la parte de los beneficios que le hubieran correspondido de haber seguido en la empresa.

—Entonces, para la policía ambos podían tener motivos para acabar con él. Pero al final, según las pruebas, se decantaron por uno —dio por sentado Alex.

—Claro, parece que después de analizar todas las pruebas que tenían, y tras los primeros interrogatorios, se decidieron por el competidor, el tal Ignacio Santamaría, pues se probó que había estado aquel día en la casa de la víctima.

—¿Ignacio Santamaría? —exclamó sorprendido—. Pues en el informe forense que recogí en Vielha dice claramente que el culpable fue Félix Solano, al encontrarse su cabello y restos de su piel. Déjame que piense, la única explicación es que se redactara y presentara un nuevo informe forense con las pistas falsas para incriminar a otra persona. El que yo encontré debía ser el real, pero el fiscal lo ocultó por algún motivo. ¿No me digas que esto no está cada vez más interesante?

—Busquemos algo sobre el juicio —sugirió Hugo.

Minutos más tarde:

—¡Lo tengo! —esta vez fue Alex—. Por supuesto, no podía ser de otra manera: el fiscal del juicio fue Guillermo Estévez y, finalmente, el acusado Ignacio Santamaría, que fue declarado culpable por haber sido visto en su casa aquel día y haber huellas suyas por todas partes. Aquí dice que el arma homicida no apareció nunca, cosa que sabemos que no es cierto, pero que, tras el juicio, dieron el caso por cerrado.

—Entonces, resumiendo —dijo Hugo a modo de reflexión mientras se levantaba y caminaba por el salón—, tenemos entre manos un caso de 1987 en el que se acusó de un crimen a un inocente, quedando suelto el verdadero culpable.

—Según las pruebas guardadas en el viejo ejemplar de Botánica —razonó Alex levantándose también—, había pruebas suficientes para acusar al verdadero asesino, pero éste pagó al fiscal para que no lo llevaran a juicio. Se trataba de ocultar pruebas metiendo al forense en ello para lo que también se le debió pagar una parte. El fiscal, prudente por si alguna vez le hacía falta, ocultó el informe inicial en aquella taquilla de Vielha. Creo que por hoy ya está bien. Llama a Cris y vete con ella —le dijo a su amigo mientras se acercaba a su portátil y se lo cerraba.

—Yo he de pensar qué hacer a partir de ahora —se dijo a sí mismo en voz baja, mientras Hugo ya salía por la puerta.

CAPÍTULO 8

Aquella tarde la chispa se encendió, y un muro de llamas se levantó entre padre e hijo que amenazaba, una vez más, con no sofocarse. Guillermo Estévez discutía fuertemente con su hijo Roberto en el despacho que tenía en su casa y en el que alojaba una amplia biblioteca de la que siempre presumía orgulloso.

Vivían en el principal de un, ya entonces, histórico edificio modernista en Rambla Catalunya. Hacía muchos años que su abuelo había comprado el solar y había contratado a un arquitecto de renombre para que construyera siguiendo la moda imperante en aquella nueva zona de la ciudad, el Ensanche.

Y allí estaban, padre e hijo, de pie, mostrando su indignación gritando, moviéndose y gesticulando sin parar.

Guillermo Estévez apenas se había cuidado en los últimos años y, según su médico, su obesidad comenzaba a ser preocupante. Tal estado hacía que le costara respirar y pudiera moverse con soltura. Por el contrario, se notaba que su hijo sí lo hacía. No le sobraba un solo gramo de grasa y lucía una fantástica piel bronceada. Estaba claro que la ideología de comuna, como decía su padre, que defendía no era incompatible con disfrutar de una fantástica vida, viajando por los lugares más exóticos y soleados del planeta, sin ninguna responsabilidad y a costa de los demás.

No era la primera vez que discutían. Hacía mucho tiempo que los desacuerdos entre ambos llenaban todos sus encuentros.

—*Desde el momento en que cruces de nuevo la frontera, y te vayas con esos amigos tuyos que no saben dónde caerse muertos, no quiero que regreses nunca más a esta casa* —*amenazó el fiscal dolido con su hijo*—. *Y, por cierto, sé que tu madre te da dinero a escondidas.*

—*No te preocupes. No tengo intención de volver a verte. Además, nunca te he pedido nada y así seguirá siendo* —*replicó su hijo, tal y como lo hacía desde hacía años.*

—*¡Con lo que he luchado por darte todo aquello que querías, proporcionándote una educación, un porvenir, para que ahora lo eches todo por tierra! Me la he jugado por ti. He estado al borde del bien y del mal para que no te faltara nunca de nada.*

—*No me vengas otra vez con eso* —*le cortó su hijo*—. *Estudié Derecho, como tú querías, porque entonces no quería discutir contigo, pero sabías que nunca iba a ejercer. Y esa historia de que las cosas no te iban bien en tu trabajo por culpa de tu afición a las apuestas, de que estuviste a punto de perderlo todo, incluidos a mamá y a mí, pero que tuviste un golpe de suerte que cambió tu vida, ya me la sé y estoy harto.*

—*No, no sabes de qué va* —*ahora fue su padre quien le cortó*—. *No tienes ni idea. Si algún día se descubre cómo sucedió todo caeríamos en desgracia y, quién sabe, quizás tendríamos que ir a prisión. Sí, a prisión* —*repitió ante el gesto de burla de su hijo*—, *yo y, si ya no viviera, quizás tú.*

—*A mí no me líes con tus paranoias.*

—*Yo no te lío. Es la ley. Cuando yo no viva, si alguien descubriera un documento que guardo, podría ser tu perdición. Quién sabe. Quizás entonces sí que tendrías que vivir para siempre en una comuna de esas, pero sin el respaldo económico de tu madre* —respondió el fiscal con la intención clara de hacerle abrir los ojos—. *Te necesito cerca. Sabes que tengo problemas de salud.*

—*Ya, ya. Si fuera tan importante me dirías exactamente de qué va todo esto, pero no. Nunca me das más información. No hablas claro. ¿Sabes qué? No me creo nada.*

—*Vale. Márchate. Haz lo que quieras. Solo te digo una cosa. Si me pasara algo piensa en este despacho, en esta biblioteca. Piensa en que también soy un hombre que ha querido, y aún quiere mucho a los míos. Que tengo aficiones. Que todo mi mundo está en esta casa y, a tamaño reducido, en este despacho. Que, aparte de la justicia, me interesan unas cuantas cosas más que me llenan cada vez que el estrés me domina* —dijo con pesar, dejándose caer en su sillón de lectura, con sensación de derrota, después de tomar de la estantería un ejemplar de una de las colecciones de botánica que tanto cuidaba.

—*¿Has dicho que piense en este despacho? Pues no pienso hacerlo. Nunca. ¿Sabes? Acabas de convencerme para que me vaya. Adiós para siempre* —y, sin más, se dio la vuelta y se marchó del despacho, de la casa y, al día siguiente, del país.

Esa fue la última conversación que Roberto Estévez mantuvo con su padre.

Habían pasado once años en los que pasó largas temporadas en Túnez, en Ámsterdam, en Mikonos, en Praga, en el Nepal, en Riga... Ahora vivía en Varsovia con una chica alemana y tenía dos hijos.

En todo aquel tiempo, el único miembro de la familia con el que había mantenido contacto había sido con su madre. La relación había sido algo asimétrica, pues él nunca contestaba a sus llamadas, pero cuando la necesitaba para que le diera dinero hacia lo posible por contactar con ella.

Se enteró de que su padre había muerto hacía poco, cuando llamó a su casa pidiéndole algo, como hacía siempre. Ella estaba destrozada, y le explicó cómo se lo encontró desplomado en el suelo, ya sin vida, después de que le fallara el corazón. Llorando, le trajo a la memoria la difícil relación que había mantenido con él, y Roberto recordó aquella última visita. Revivió la conversación que tuvieron y, por un momento, le pesó haberse comportado de aquella manera. Según su madre, le había hecho mucho daño, y su carácter se tornó aún más hosco y huraño que antes.

Recordando, creyó escuchar de nuevo aquello de: *"Cuando yo no viva, si alguien descubriera un documento que guardo, podría ser tu perdición"*.

¿Qué habría querido decir con eso? ¿Guardaba algo que lo incriminaba en algo? ¿En qué? ¿Dónde estaría ese documento?

Quizá debería volver a Barcelona y visitar a su madre. Pero tenía que pensarlo bien. La verdad es que no le apetecía.

Así pasaron tres semanas cuando recibió otra llamada de su madre a la que no contestó. Tras insistir varias veces, sin éxito, acabó dejando un mensaje de voz: *"Hijo mío, no sé por qué no quieres hablar conmigo. Solo quería decirte que quiero vender muchas de las cosas de tu padre y que, si quieres conservar algo, dímelo. ¡Cuánto me gustaría que estuvieras aquí! ¿Por qué no vienes con tu familia unos días? Así les conocería. Sabes que te quiero mucho"*.

Como era habitual, Roberto no contestó, pero por unos días no paró de pensar y ató cabos. Tenía que encontrar el misterioso documento que podía incriminarlo en algo y dar al traste con la fortuna familiar. Tenía que evitar que se perdiera. No tanto por él, que ya estaba bien como estaba. Ya hacía tiempo que cada vez necesitaba menos el dinero de su madre, pero algo le hacía pensar en su bienestar. ¿Y si de repente se quedaban sin nada? ¿Qué sería de ella?

No le avisó, pero decidió viajar a Barcelona. Tenía que velar para que todo siguiera bajo control.

Ya en la ciudad se presentó en su casa sin avisar y su madre, rota por hacer frente sola a la liquidación de las cosas de su difunto marido, se le echó a los brazos y rompió a llorar.

No era una mujer que pasara desapercibida pues, pese a sus cerca de ochenta años, seguía destacando por su esbeltez y bien cuidado aspecto. Siempre le contaron que, de joven, destacaba entre las otras mujeres. Nunca pudo, ni quiso, ocultar su estatus, pues procedía de muy buena familia y siempre le gustó dar buena imagen. Su ahora pelo canoso estaba perfectamente cuidado, y su piel también. Su hijo fue lo que más la hizo sufrir en el mundo, y él lo sabía.

Habían sido demasiados años desde que se fue y no se habían visto desde entonces.

Tuvieron que pasar más de una hora sentados en el sofá del salón, sin apenas hablar, hasta que la viuda se tranquilizó y le pidió que le acompañara al que fue el despacho y biblioteca de su padre. Allí, por fin, le puso al corriente de las gestiones que había ido haciendo durante esas semanas:

—Ya ves que he vendido los muebles del despacho. Algunos procedían de tu abuelo, y otros incluso de tu bisabuelo. Sabes que a tu padre le gustaban y se sentía cómodo con ellos. Nunca me dejó deshacerme de ellos, pero ahora a mí solo me traían dolorosos recuerdos y no he podido soportarlo —comenzó mientras se movía por cada rincón de aquella estancia, ya casi vacía, y en la que su voz retumbaba en las paredes—. No es por el dinero. Afortunadamente no me hace falta, y lo que me han dado lo he donado a la parroquia. Como puedes ver, además he podido vender parte de la biblioteca que tanto quería tu padre.

¡Cuántas horas se pasó aquí encerrado! —continuó, mientras se frotaba los ojos con un pañuelo, para retorcerlo después entre sus manos—. Decía que para estar tranquilo, leyendo y ojeando una y otra vez su colección de libros de Derecho, y también los de Botánica. Era curiosa la afición de tu padre, un hombre tan recto y tan amante de la ley, interesándose por todo tipo de hierbas y medicinas naturales. Supongo que era su manera de relajarse.

De repente Roberto revivió la última conversación con su padre, concretamente cuando dijo: "...*todo mi mundo está en esta casa y, a tamaño reducido, en este despacho. Que, aparte de la justicia, me interesan unas cuantas cosas más que me llenan cada vez que el estrés me domina*", mientras tomaba uno de sus libros de la biblioteca.

Era una señal. Le estaba diciendo algo con ese gesto. Aquel famoso documento estaba en aquel libro. ¿Pero cuál era? Tenía que encontrarlo, pero su madre ya se había deshecho de gran parte de la biblioteca.

—Tranquila mamá. Me quedaré unos días contigo y te ayudaré. Por cierto, ¿a quién me has dicho que le has vendido los libros? ¿No podemos venderles el resto? —preguntó, tanteándole para saber a dónde dirigirse si no encontraba lo que buscaba en los que quedaban en el despacho.

—A una tienda de libros antiguos del centro. Después te busco la dirección. Vinieron a mirar todo lo que había, pero solo se interesaron por la colección de libros Jurídicos y la de Botánica. Los demás no los quisieron. Habría que contactar con otros compradores, pero si quieres, puedes hablar de nuevo con ellos.

—De acuerdo —contestó Roberto pensando en todo el trabajo que se le venía encima para ver, libro a libro, dónde podía estar el famoso y peligroso documento que tanto mal podría ocasionarles si caía en malas manos.

Durante varios días, además de ayudar a su madre en todas las gestiones, pasó muchas horas examinando todos los ejemplares sin éxito. Por momentos, estaba a punto de renunciar a la búsqueda pensando que no tenía sentido. Que, posiblemente, no era cierta la advertencia de su padre y que la hizo por despecho. Pero otras veces pensaba que sí lo era.

Para acabar con la duda iría a la librería que le había comprado los otros libros y se aseguraría de que tampoco guardaban ningún secreto oculto.

Así fue como se presentó un día, como quien no quiere la cosa, en aquella tienda de papeles polvorientos y amarillentos y comenzó a mirar y mirar, hasta que dio con la colección. Se hizo el interesado, aunque no creyó ser demasiado convincente, y pasó mucho tiempo revisándolos uno a uno. Todos los empleados estaban acostumbrados a tener clientes excéntricos por lo que no le hicieron demasiado caso.

Su percepción de la situación cambió cuando, en un libro de Botánica encontró algo. En la parte interior de su gruesa portada alguien había hecho una ranura con algún propósito que, pensó, no podía ser otro que para insertar el documento que buscaba. Miró bien. Por supuesto, para su desgracia, no había nada. Como no buscaba otra cosa, no siguió analizando el ejemplar y no descubrió que, en la contraportada, había un hueco perfecto en forma de llave también, por supuesto, vacío.

Aquello le hizo entender que la advertencia de su padre era cierta. Tenía que encontrarlo.

—Disculpe. Realmente han hecho un gran trabajo con toda esta colección. Estoy muy interesado en ella. Estoy seguro de que cuando les llegan estos libros no lo hacen en las mejores condiciones. ¿Quién de ustedes se dedica a dejarlos a punto para ser vendidos de nuevo? Me gustaría felicitarle —preguntó a Jaime, que justo en ese momento estaba ordenando una estantería justo a su lado, creyendo que aquella persona lo habría encontrado y ahora lo tendría en su poder.

—Ha sido uno de los miembros más importantes de nuestro equipo, Alejandro. Tiene unas manos fantásticas. Estamos muy contentos con su trabajo. Venga conmigo —le dijo haciendo el gesto para que le siguiera hasta la entrada del taller en el que Alex estaba absorto en su tarea—. Si no le importa no le molestaremos, pero es él. Puede ver con qué detalle y esmero trata la obra que tiene entre manos.

—Cierto. Pueden estar orgullosos —contestó Roberto Estévez, habiéndose quedado con su cara—. Muchas gracias por su atención. No duden de que pronto volveré para comprarles alguna de sus obras —mintió, por supuesto, antes de marcharse.

Una vez ya en la calle lo tuvo claro. Tenía que esperar a que acabara su jornada laboral y seguirle para saber dónde vivía. Posiblemente, había encontrado aquello que su padre con tanto ahínco había escondido y debía arrebatárselo.

Nunca había jugado a las persecuciones, pero en esta ocasión fue fácil. Alex cogió el metro y se dirigió a su domicilio en el barrio de El Clot. Memorizó la dirección, e incluso consiguió saber en qué piso vivía en cuanto se asomó a la ventana para bajar las persianas.

Ya de camino a su casa, Roberto pensó en qué amigos le quedaban en Barcelona de su época de joven antisistema. Antes nos llamaban hippies, pensó sonriendo. Seguro que podía contar con alguno de ellos para que se acercara a esa vivienda y dar un vistazo con la idea de recuperar lo que le pertenecía.

CAPÍTULO 9

Una vez solo, Alex se cambió de ropa para salir. No lo hacía a menudo, pero aquel día le apetecía ir a correr. Creía que le ayudaría a eliminar el estrés que sentía desde que asaltaron su piso. Pero, en cuanto se asomó a la ventana del comedor, se lo pensó mejor y decidió no hacerlo. El piso en el que ahora se alojaba estaba a solo una manzana de la Sagrada Familia, y le pareció una temeridad porque parecería un ladrón que escapaba después de robar a uno de los centenares, o miles, de turistas que volvían a rodear la obra de Gaudí, tal y como sucedía años atrás, antes del Covid 19.

Se limitaría a dar un paseo, pero antes debía seguir creando su nuevo look: continuaría sin afeitarse ni peinarse, lo que antes hubiera sido inconcebible para él, seguiría con las bambas, calzado que solo usaba las pocas veces que salía a correr, y continuaría con la gorra calada hasta las cejas. Estaba irreconocible. Unos días más, y la barba le haría parecer un sintecho. Suerte que Carlota no le veía. Pero no le quedaba más remedio que intentar no ser reconocido cuando saliera.

Cuando se convenció de que ya estaba listo se puso la cazadora. Tenía ganas de salir de allí. Quería sentir de nuevo el aire frío en la cara. Lo necesitaba. Creía que ello le ayudaría a pensar. No era tarde, no eran ni las siete, pero ya era de noche y, siendo sábado, las calles estaban llenas de vida. Parecía que después de tantos meses, primero encerrados en casa y después con restricciones de todo tipo, la sociedad entera necesitaba recuperar el tiempo perdido.

Un buen rato, caminando entre personas de múltiples países, oyendo otros idiomas, otros acentos y viendo rostros con multitud de rasgos diferentes, le sentó bastante bien. Llegó a la conclusión de que cualquiera de ellos podía ser un asesino, un ladrón o un chantajista camuflado buscado por la policía de sus respectivos países, pero que había burlado a la justicia y estaba disfrutando de la vida, habiendo hecho cargar con la culpa a algún inocente. No era justo.

Sentia que era su responsabilidad que, en el caso que por casualidad había caído en sus manos, ello no sucediera. Debía conseguir que se hiciera justicia.

Por un momento, se sintió como un héroe justiciero aunque, claro está, todo tenía un precio. Ese detalle no podía olvidarlo. Si se decidía a colaborar para desenmascarar a un antiguo asesino, esperaba poder recibir una buena recompensa por ello. No pensaba jugarse la vida gratis. Era algo en lo que debería volver a pensar en algún momento.

Para empezar, ya de vuelta al piso un par de horas más tarde, quitó el sonido a su móvil para que no le distrajera, se puso ropa vieja que también había traído, de esa de estar por casa, y se aposentó en una de las butacas con la intención de buscar información sobre Félix Solano, el que parecía, a todas lunes, el verdadero asesino de Alfredo Rivero.

Tardó bastante en conseguir detalles sobre su vida. Fue un empresario del sector de la moda, que comenzó como director de marketing en la, por entonces, famosa marca de ropa *Júpiter*. La muerte violenta de su jefe destapó su anterior despido que, en aquel momento, él consideró improcedente por haberle acusado de desleal. Se había dicho que trabajaba en la sombra en favor de otra empresa de la competencia, cosa que siempre negó. Se le describía como alguien extremadamente ambicioso, y que aspiraba a lograr la máxima responsabilidad en *Júpiter* a costa de lo que fuera.

Con Hugo, días atrás, no habían encontrado nada, pero ahora Alex tuvo más suerte, después de mucho buscar, en unos artículos publicados durante una larga temporada en el diario El Caso. Estaban firmados por un periodista llamado Enrique Blasco, que había seguido la investigación desde el mismo momento en que se supo del crimen. De hecho, llegó al lugar del asesinato antes de que lo hiciera la policía, y siguió el tema hasta terminado el juicio. El *caso Júpiter*, lo tituló. Él parecía tenerlo claro, y así lo manifestaba en su diario: solo había un culpable, y éste era Félix Solano. Hasta en el último artículo en el que trató el tema, siempre se mojó diciendo que Ignacio Santamaría era inocente, y que le habían orquestado una trampa.

Cuando miró la hora ya casi era medianoche y las tripas le sonaban hacía un buen rato. No tenía ganas de cocinar y decidió cambiarse de ropa para salir y tomar algo en el bar más cercano. Ya en la calle, miró a derecha e izquierda, y decidió alejarse de la zona más turística, no porque dudara en encontrar algún local abierto, sino por sus precios. Giró, por tanto, hacia su derecha y comenzó a callejear por esas otras calles del Ensanche, mucho más tranquilas. Tanto, que le fue difícil encontrar un bar abierto. Cuando estaba a punto de desistir y darse la vuelta, por fin, dio con un chino.

Una vez dentro eligió una mesa, lo más al fondo que pudo, además de por el frío, por no arriesgarse a ser visto desde fuera si alguien lo hubiera seguido. De hecho, a esas horas apenas quedaban clientes y, en la parte que ya estaba vacía, un empleado había empezado a limpiar las mesas, a colocar las sillas encima y, después, a barrer y fregar. Era un poco incómodo, por los ruidos y el olor a lejía. Seguramente, un inspector de Sanidad les impondría una multa por simultanear la atención a los clientes con la limpieza pero, en aquellos momentos, para Alex era el lugar ideal.

Algo aburrido por la larga espera del plato combinado que había pedido, sacó su móvil para juguetear un poco y se dio cuenta de las veintiocho perdidas de Carlota. Le había vuelto a pasar. Se disponía a llamarla, sin tener aún claro qué debería contarle, cuando vio que también le había dejado varios WhatsApp. En un mensaje de voz, enviado tres horas antes, le decía algo que no esperaba: "Alex, lo sé todo. ¿Cómo has podido no explicármelo? He tenido que llamar a Hugo. Creía que te había pasado algo grave. Le ha costado hacerlo, pero al final me lo ha contado todo. ¡Estás loco! ¿Cómo te puedes meter en algo así? ¿Quién te has creído que eres? No sabes en qué lío te estás metiendo. Llámame en cuanto oigas este mensaje. Necesito saber que estás bien. Te lo digo en serio, como no sepa nada de ti regreso a Barcelona para pararte los pies. He de impedir que te metas en algo peligroso. Llámame, por favor, estoy muy preocupada".

Alex no pudo menos que hacerle caso. Carlota contestó en seguida:—¿Dónde estás? ¿Estás bien? —disparó sin que él pudiera decir nada—. Has tardado tanto en llamar que me he decidido. No he podido aguantar ni un minuto más. Ya he hablado con mi jefe y me cojo vacaciones. Me las debe del año pasado y ahora no hago demasiada falta. Acabo de comprar el vuelo. Llego mañana a las doce y he quedado con Hugo para que me venga a buscar. Tú no te preocupes de nada. Me llevará directamente al piso que te ha dejado.

—No sé si debes venir. No sabemos de qué tipo de gente se trata —susurró Alex para que nadie, dentro del bar, se enterara de la conversación, aunque fue interrumpida cuando, por fin, le trajeron su plato.

—No te preocupes. Lo que pretendo es que no te metas en algo de lo que tengas que arrepentirte. Te dejaré hacer mientras vea que no es peligroso. Ahora he de colgar. Estoy preparando la maleta. Hasta mañana cariño, un beso enorme y no te metas en líos, al menos hasta que yo llegue. Te quiero.

Cortada la comunicación, Alex se zampó en pocos minutos su combinado que, para entonces, ya estaba frio. Pagó y decidió no regresar todavía.

Sus pies le llevaron de nuevo hacia la Sagrada Familia que, a esas horas, lucia iluminada pero ya apenas sin turistas, y se quedó contemplándola un buen rato. Todos en Barcelona sabían interpretar sus fachadas, la del Nacimiento, la única construida baja la batuta de Gaudí, la de la Pasión, de un estilo diferente y muy criticado en su momento, y la de la Gloria, la más reciente. Cada una de ellas mostraba escenas sueltas de contenido religioso, muy populares y conocidas por cualquiera, y que, en conjunto, tenían un mensaje claro.

Lo trasladó a la situación en la que se encontraba. De momento había analizado, pieza a pieza, en forma de artículos de prensa o informes forenses y de laboratorio, diferentes elementos de una historia, todos ellos con cierto sentido por sí mismos, pero que juntos daban lugar a una única narración que hasta ahora nadie conocía. Solo él tenía alguna sospecha.

O eso creía.

Pero, de nuevo las dudas: ¿quién era él para meterse en esto? Aunque pensar en su dura realidad le daba respuestas. Dar a conocer esta historia podría serle rentable. Es más, lo necesitaba. Ya de regreso, mientras se preparaba para acostarse, pensó en cómo debía seguir.

Quizá contactar con el periodista que siguió el caso en la prensa, con Enrique Blasco. Si es que aún vivía, claro.

Tomó de nuevo su portátil, se echó en la cama, y puso su nombre en Google. Como siempre aparecieron decenas de resultados. Entró en alguno que le llevó a Facebook, pero sin éxito. Después de un buen rato y, casi venciéndole el sueño, llegó a través de un enlace de LinkedIn a alguien que, por la foto del perfil y por su descripción, "*Ex reportero y Ex periodista de El Caso. Jubilado pero siempre alerta*", hacía pensar que, sin duda, era la persona que buscaba.

Alex sabía cómo funcionaba esa red social, aunque nunca había elaborado un buen perfil profesional para lograr trabajo. Pero no importaba, pues aun así podía enviarle una invitación para conectar con él. Decidió mandarle también un mensaje explicándole lo primero que se le pasó por la cabeza: "Me gustaría conocerle pues estoy escribiendo una novela y después de haber dado por internet con sus artículos sobre el asesinato de Alfredo Rivero me gustaría saber algo más sobre el tema. ¿Podríamos quedar un día y hablar sobre ello?"

Cerró el ordenador, lo dejó en el suelo y apagó la luz. Justo antes de que le venciera el sueño una notificación sonó en su móvil. Aun somnoliento, alcanzó a ver de qué se trataba. Era de LinkedIn: Enrique Blasco había aceptado la invitación. Él ponía las condiciones: al día siguiente en el Zúrich, dentro, al fondo a la izquierda, a las nueve y media de la mañana.

CAPÍTULO 10

Ya de buena mañana, pese a ser aun invierno, la terraza del Zúrich estaba llena de clientes desayunando, los más prudentes un café con leche y un cruasán o un pequeño bocadillo y, los más atrevidos, los alemanes por ejemplo, una cerveza y unas bravas. Situado en pleno corazón de Barcelona, en la Plaça Catalunya, todo turista debía pasar por allí. En un muy lejano año 1862 comenzó como bar de la estación de tren con destino Sarrià y, aunque desde entonces su aspecto se había modernizado, seguía siendo testigo de gran parte de la historia de la ciudad. Lo único que había cambiado desde sus orígenes era que, a su terraza desde hacía mucho tiempo, apenas iban los barceloneses y el periodista debía ser de los pocos que aún eran fieles al local. Pero, eso sí, para mantener las distancias con los foráneos, ocupando una de las mesas del interior.

Alex sorteó los cincos eficientes camareros que atendían en la terraza y entró buscando el lugar convenido con el periodista.

—El señor Enrique Blasco, ¿verdad? —preguntó aunque estaba convencido de que era él, según la foto que tenía colgada en LinkedIn. Era un hombre corpulento, con abundante cabello cano, una prominente nariz y vestido con una americana de corte clásico, que no acababa de pegar con la vestimenta del resto de clientes del local—. Buenos días —dijo alargándole la mano—, soy Alejandro Ruiz.

—Buenos días. Usted dirá —contestó de una manera poco amigable y mostrando cierto recelo al ver su apariencia—. Tome asiento.

—Discúlpeme por mi mal aspecto —soltó nervioso para ganarse su confianza mientras se sentaba—. Pasé una mala noche y apenas pude arreglarme. De repente, se dio cuenta de que no se había preparado la entrevista. La noche anterior cayó dormido tras concertarla y aquella mañana se había levantado con el tiempo justo para no llegar tarde. No tenía ni idea de cómo enfocar la oportunidad que se le había presentado para saber más sobre el tema que tenía entre manos.

Además, el entorno no le ayudaba a concentrarse. Estaban demasiado cerca de la barra en la que los camareros pedían y recogían sus comandas y, por momentos, los escuchaba más a ellos que a sus propios pensamientos. También estaban los clientes, sobre todo unos ingleses que no habían conseguido mesa fuera y que, aunque estaban algo más lejos, hablaban, chillaban o discutían, era difícil saberlo, de una manera muy molesta.

—Pues, como le comenté en mi mensaje, estoy escribiendo una novela y —recordó haberle dicho al contactar con él por Linkedin y decidió seguir con esa historia—, como quiero escribir sobre un juicio en el que se acusa a un inocente, dejando libre al culpable, busqué en internet y di con un caso sobre el que usted escribió varios artículos y quería información.

—¿Ha traído el borrador de su historia para ver cómo la está desarrollando? —le preguntó por sorpresa.

—No —respondió asustado por la posibilidad de no haber sido creíble—. ¿Cómo quiere que le adelante el borrador que estoy escribiendo? Nunca enseño a nadie aquello en lo que estoy trabajando —sentenció haciéndose el ofendido, esperando parecer un escritor profesional.

—Está bien, está bien. Rafa, trae otro desayuno completo para el joven —ordenó al camarero cuando éste le trajo su café con leche, su zumo de naranja y tres minibocadillos diferentes—. Me dijo que le interesaba en concreto el caso de Alfredo Rivero, pero he de decirle que, en mis años de periodista, he trabajado en otros en los que, por poco, queda libre el verdadero culpable. Quizá le interesen más para su historia. El más mediático fue el de…

—No, no. A mí el que me interesa es el *caso Júpiter* —cortó rápido Alex con la intención de que no se desviara la atención de lo que él necesitaba, mientras acomodaba en la mesa el desayuno que le acababan de traer.

—De acuerdo, como usted quiera. La novela es suya. Dígame qué quiere que le explique exactamente.

—Pues por ejemplo, quería saber algo sobre Félix Solano —dijo intentando reconducir la conversación—. Usted siempre negó que el culpable fuera Ignacio Santamaría. ¿Por qué?

—Ignacio Santamaría fue un cabeza de turco. Era una presa fácil. No fue difícil incriminarle pues se conocían desde jóvenes, y en tanto tiempo habían tenido rachas de gran amistad, de colaboración, de rivalidad... En invierno sus familias siempre se alojaban en Puigcerdà y, en verano, en la Costa Brava. Habían coincidido de niños y adolescentes en varios campamentos a los que les apuntaban sus padres y, ya de adultos, iban a menudo uno a casa del otro. Que encontraran huellas en cualquier rincón de la casa de Alfredo Rivero era de esperar. De hecho, hasta en los momentos de peor relación comercial seguían quedando para tomar algo y poder olvidar, por unas horas, la tensión de los negocios.

—¿Y por qué pensó usted que el culpable fue Félix Solano? —dijo Alex intentando ayudar al periodista a llegar a lo que le interesaba.

—Él era el responsable de Marketing, y nunca se llevó bien con Alfredo Rivero pues siempre rechazó la estrategia de internacionalización en el mercado americano que le propuso para *Júpiter*. Cierto era que llevaba en la empresa varios años, pero había perdido la confianza en él. Sospechaba que jugaba a dos bandas, trabajando en la sombra para una empresa de la competencia. De hecho, Ignacio Santamaría le confesó que también se le había ofrecido para trabajar para él pero que lo rechazó, y le advirtió de la traición que ello supondría. Por todo ello, Alfredo Rivero perdió la confianza en él y lo acabó despidiendo, cosa que no le sentó nada bien, llegando a amenazarle en público. Era muy inteligente y nunca llegó a decir que lo mataría pero, en petit comité, reconocía a muchos de sus ex compañeros de la empresa que jamás le perdonaría por el descrédito profesional que ello representaba.

Hasta el momento, Alex no había descubierto mucho más de lo que ya sabía.

—Cuénteme más de él, por favor. ¿Qué fue de su vida después? ¿Cómo logró que no lo acusaran? Creo recordar que hubo dos sospechosos pero: ¿cómo se libró de ir a juicio?

—Se decía que había pruebas de que había sido él, pero que nunca aparecieron. O, por lo menos, jamás llegaron al tribunal. Félix Solano tenía una buena coartada. Su mujer dijo que a la hora del crimen había estado con ella. Pero a mí nunca me pareció convincente, y no paré de exponerlo en mis artículos. Lo malo fue que jamás se encontró nada que lo incriminara.

—¿Qué fue de él después del juicio?

—Dado el desprestigio que se había creado alrededor de su persona, y aunque en seguida se le declaró inocente, también perdió el empleo que había logrado tras el despido. Después, cuando acabó el juicio, se hizo el ofendido y contactó con la jovencísima, casi adolescente, heredera Sara Rivero. Ella apenas sabía nada de la empresa, y creyendo realmente en su supuesta inocencia, insistió al equipo directivo en funciones de *Júpiter* para que se reconciliaran con él y le contrataran de nuevo en compensación por lo ocurrido. La dirección se negó y dimitió en bloque, con lo que la heredera tomó las riendas y Félix Solano se hizo con la máxima responsabilidad de la sociedad, pues contaba con la máxima confianza de Sara.

—¿Dónde vive? ¿Es posible contactar con él?

—Pues no. Como a muchos de los de su ralea, le gustaban los coches caros y la velocidad. Se mató hace unos ocho años en un espectacular accidente de coche. Quizás lo recuerde pues salió incluso en las noticias. Tuvo lugar en las curvas de Garraf, cuando circulaba a más de 180 kilómetros por hora —Alex negó con la cabeza, dando a entender de que no sabía nada de ello—. De hecho, no era el primer accidente que tenía, pero aquel fue el definitivo. El caso de la muerte de Alfredo Rivero nunca podrá reabrirse. Muy a mi pesar.

Alex vio como la posibilidad de poder cobrar un buen dinero por su silencio se cerraba de golpe. Ya no tenía sentido intentar acercarse a él para anunciarle que lo sabía todo, pero que callaría a cambio de un buen maletín repleto de billetes.

—¿Dejó viuda? ¿Tiene familia? ¿Cómo lo vivieron? —siguió Alex.

—Veo que le interesa mucho el tema. No le moverá nada más que su novela, ¿verdad? —soltó de repente el periodista.

—No. O sea, sí. Me interesa mucho porque saber sobre este suceso me ayudará con mi historia —tuvo que defenderse rápidamente para no delatarse.

Esta vez no pareció haberlo hecho con éxito.

—Mire. No sé quién es usted, ni qué pretende exactamente, pero como esta investigación me dejó un mal sabor de boca en su momento le diré solo una cosa más. Su mujer vive, y lo hace en la misma casa de siempre. Ella intentaba saber lo menos posible de sus asuntos. Colaboró en la coartada, pero parece ser que lo hizo porque no le quedó otra. Desde hacía tiempo sufría, lo que hoy llamamos, violencia de género y entonces no tuvo más remedio que cubrirle. Siempre sospechó que su marido no era trigo limpio, tanto en los negocios como en su matrimonio. Tenía claro que le engañaba, pero en aquella época una mujer no podía hacer más que tragar. Y hasta aquí todo lo que puedo explicarle —dijo mientras retiraba la silla para levantarse—. No se preocupe por su consumición. Está todo pagado. Y, por cierto, cuando publique su novela hágame llegar un ejemplar. Ya sabe cómo encontrarme.

En un par de minutos Alex vio como el periodista abandonaba el local. Él también se dispuso a salir. Eran casi las doce del mediodía. Tenía que volver enseguida al piso pues Carlota estaría a punto de llegar y, lo que era más importante, tenía que pensar en cómo seguir a partir de entonces, para que todo lo que estaba haciendo valiera la pena.

Ya en la calle, mientras atravesaba la Plaça Catalunya con la idea de caminar un poco antes de coger el metro, le vino a la mente una familia. La que posiblemente estuviera más interesada en que se descubriera la verdad: la de Ignacio Santamaría.

CAPÍTULO 11

Ni que decir tiene que la primera impresión de Carlota al ver su aspecto fue de estupor:

—¡Que aspecto más horrible tienes! ¡Cualquiera diría que no tienes dónde caerte muerto! Antes de nada aféitate, desenrédate ese pelo y cámbiate de ropa —le ordenó sin saber aún que no tendría ningún éxito.

Carlota era mucho más atractiva que Alex. Podía parecer poca cosa, con su apenas metro sesenta de altura y cincuenta y nueve kilos de peso, pero su media melena castaña y sus ojos verdes llamaban mucho la atención. Se conocieron veinticinco años antes en una academia de inglés a la que también se apuntaron Alex y Hugo con la idea de mejorar su currículum. Su amigo y ella lo consiguieron. Alex lo único que logró fue su primera cita con Carlota justo el día que acabaron las clases.

—Todavía debo ocultar mi aspecto habitual mientras intento saber algo más de este asunto. He de intentar pasar desapercibido unos días más. Hasta que…

—Vale, vale —le cortó Carlota resignada—. Pero en cuanto esto acabe arréglate, porque te sienta fatal tu nuevo look. Ya no tienes edad para ir así. Ahora vámonos. Busquemos un súper para llenar la nevera. Ya he visto que tienes comida congelada y poco más. Pero, a ver, escúchame bien —le dijo plantándose delante de él en aptitud desafiante—: ¿de verdad quieres seguir con esta historia de detectives?

—¡Por supuesto que sí! No voy a dejarlo ahora.

La conversación continuó mientras estaban fuera:

—Ya ves que, según parece, o bien hay algo que debe salir a la luz, o bien que debe quedar oculto para siempre. En todo caso, sé que lo que tengo entre manos tiene un gran valor —insistió Alex mientras cargaba con varias bolsas, en un difícil equilibrio, entrando ya de regreso al piso.

—Reconozco que nos iría de fábula, y que ya has conseguido mucha información, pero dudo que estemos preparados para llevar adelante esta locura con la que nos hemos encontrado por casualidad —dijo Carlota para sorpresa de su marido.

—¿Cómo que "*no estamos preparados*" y cómo que "*esa locura con la que nos hemos encontrado*"? —le contestó Alex recalcando ciertas palabras—. Tú no puedes meterte en esto.

—¿Cómo qué no? ¿Crees que te dejaré sólo en esto? Ya está colaborando Hugo, y quién mejor que yo para ayudarte también. No se hable más —sentenció cerrando la puerta de la nevera tras colocar dentro la compra.

Alex no se quedó nada convencido y calló, mientras se cambiaban de ropa y se ponían cómodos.

—Puede ser peligroso —replicó, pues no estaba convencido de la idea de su mujer—. No sabemos todavía cómo son esas personas. No te dejaré que... —no pudo acabar la frase.

—No se hable más —sentenció Carlota—. Lo que hemos de hacer ahora es ver cómo contactar con la familia de Ignacio Santamaría.

Alex no tuvo más opción que aceptar. Faltaba poco para la cena y, tras preparar y disfrutar de unos macarrones con una deliciosa salsa con espinacas, se sentaron en el salón abriendo cada uno su portátil, pensando en cómo llegar a su siguiente contacto.

—Acabo de encontrar que la familia Santamaría aún se dedica a la moda, y que tiene tiendas con el nombre de *Bali*. La verdad es que, si es la que creo, es una marca de cierto prestigio todavía. Me suena bastante —dijo Carlota.

—A ver si lo encuentro. Aquí está —expuso Alex poco después—. *Bali* es propiedad de Beatriz Santamaría, única heredera del malogrado Ignacio Santamaría.

—¿Mira esto? —le cortó con alarma Carlota—. Ignacio Santamaría se suicidó en 2001 en su celda de la prisión. ¿No te lo dijo el periodista?

—No.

—Pues yo creo que si tanto siguió el caso debía saberlo, pero no te ha dicho nada por algún motivo.

—La verdad es que nos centramos en hablar de Félix Solano, y no pensé en sacarle información sobre el falso culpable —reflexionó con algo de culpa.

—Pues sigamos buscando artículos de Enrique Blasco a ver si escribió algo más sobre el caso.

Pasaban de las doce de la madrugada cuando Alex encontró un artículo que hacía referencia a la viuda:

—No tenemos nada que hacer —dijo Alex derrotado—, su viuda murió dos años después, *"consumida por la pena"*, palabras textuales.

—Pero… siempre nos quedará su hija. Podemos acercarnos a ella con la idea de ese hipotético libro que estás escribiendo —le contestó Carlota, cada vez más implicada en el tema.

—Pero, ¿cómo quieres que la encontremos?

—Sé que no debería hacerlo, pero voy a pedirle un favor a una compañera. Voy a enviarle un WhatsApp a ver si mañana tengo respuesta. Tú déjame a mí —sentenció resolutiva—. Hecho. Ahora vamos a olvidarnos de todo esto y vamos a recuperar el tiempo perdido. ¿Sabes que me debes algo? —le dijo mientras le guiñaba un ojo y le hacía señas para que le siguiera al dormitorio.

Después de varios meses separados, pasar aquella noche juntos les hizo a ambos encarar el nuevo día con mucha más energía, si cabe, de la que tuvieron el día anterior.

Recién duchados y mientras se arreglaban llegó un mensaje al móvil de Carlota.

—Vamos, no tenemos tiempo que perder. Beatriz Santamaría vive en Alicante. Tengo su dirección. Vamos a visitarla.

—¡Me tomas el pelo! ¿Cómo lo has logrado?

—Le pedí a Marga, una de las chicas de la central, que buscara en la base de datos de la compañía. Somos una cadena española, y es fácil que alguien, en algún momento, se haya alojado en alguno de nuestros hoteles. Y parece que ella lo hace a menudo.

—¡No me lo puedo creer! —contestó, sin salir de su asombro.

—Venga. No tenemos tiempo que perder.

En cuanto estuvieron arreglados llenaron una pequeña bolsa de viaje, con lo más imprescindible por si les hacía falta, y se encaminaron a la estación de Sants. Carlota compró dos billetes, tirando de VISA, para el próximo tren dirección Alicante.

Tanto el tiempo de espera, como el del trayecto, estuvieron preparando la estrategia a seguir. Pero Alex sospechaba que no sería fácil.

Ya en Alicante, para comenzar, vieron que las señas de que disponían no eran de una vivienda. El taxi que tomaron les dejó en las puertas de las oficinas de una revista de moda, la directora de la cual parecía ser la hija del malogrado Ignacio Santamaría.

—Buenos días. Queríamos hablar con Beatriz Santamaría —dijo Carlota al llegar a la dirección que su amiga le había proporcionado—. Él es Alejandro Ruiz y yo Carlota Silva. Estamos escribiendo un libro de investigación en el que creemos que ella nos puede ayudar.

Tras un tira y afloja con la recepcionista, y tras alguna reticencia de Beatriz Santamaría al teléfono, finalmente les dejaron pasar y les hicieron esperar en una sala de visitas. La hija del malogrado Ignacio Santamaría no tardó en aparecer, hecho que les pilló desprevenidos.

Era una mujer muy elegante: vestía un carísimo, seguro, traje chaqueta con falda de tubo, y calzaba unos zapatos con unos tacones infinitos. Su ondulada y negra melena lucía espectacular. Se notaba que se dedicaba al mundo de la moda.

—No tengo mucho tiempo —dijo mientras ella tomaba asiento, sin ningún tipo de preámbulo, al otro lado de la mesa en la que ellos estaban aun de pie—. ¿Qué desean? ¿Para qué editorial trabajan?

—Somos nuevos en el sector y todavía nos estamos dando a conocer —improvisó Carlota lo más ágil que pudo mientras ambos se sentaban—. Estábamos preparando un capítulo sobre el caso de Alfredo Rivero y hemos descubierto nueva información, que en su momento se ocultó…

—Tenemos indicios de que su padre no era culpable —cortó Alex poco hábil, como era habitual en él.

—Miren, si han venido para decirme que mi padre era inocente del asesinato que se le atribuyó sepan que han perdido el tiempo, pues en nuestra familia siempre lo supimos. No quiero volver a revivir ese asunto —contestó airada, levantándose con intención de marcharse.

—Perdone, quizá mi compañero no se explicó bien —tuvo que reaccionar Carlota, levantándose también—. Déjenos explicarle. Lo que queremos decirle es que, investigando sobre el tema, tenemos información sobre la persona que cometió el asesinato. No tenemos ninguna duda sobre quién fue. Y, con ella, el nombre de su padre quedaría limpio.

—Lamentamos lo que le ocurrió en la cárcel, y después a su madre —siguió Alex, ya también de pie—. Si nos deja contarle, tenemos pruebas que no admiten duda sobre lo ocurrido aquel día en la casa de Alfredo Rivero. Podemos hacerlo cómo usted quiera. Quizá prefiera que le proporcionemos los documentos de que disponemos, y usted, libremente, los hace públicos o no. Si nos sentamos de nuevo a hablar —sugirió Alex—, podemos pensar en la compensación que tendría para nosotros la entrega de dichas pruebas.

—Claro, claro, se trata de eso. Quieren que yo les pague por limpiar el nombre de mi padre. Pues sepan que para mi familia ya no es necesario. Todos supimos siempre que era inocente y, de hecho, creo que todo el país también. Claro que estuvo amañando ese juicio, pero a estas alturas no tengo interés en probar nada —dijo Beatriz Santamaría con la mano en el pomo de la puerta.

—De acuerdo. Discúlpenos por haberle molestado —concluyó Alex, mientras ella salía dejándoles en la sala, del todo desconcertados—. Dejaremos en recepción nuestros datos, por si cambia de opinión y quiere hablar de nuevo con nosotros.

No podía haber salido peor. Alex y Carlota estaban descorazonados. Sin decirse nada, tomaron un taxi camino a la estación, con la intención de regresar a Barcelona lo antes posible. Sentían que se les había cerrado una de las puertas más importantes de la historia que el azar había puesto en sus manos. Pero el problema real era que ahora demasiada gente sabía que ellos tenían algo de mucho valor. Alex había levantado la liebre en la librería y, de momento, parecía que algunos se desentendían. Pero no podían relajarse. Debían estar alerta por si alguien movía ficha.

CAPÍTULO 12

Al día siguiente, Carlota aprovechó para ir a ver a sus padres. Pasaría todo el día fuera, y Alex le prometió no hacer nada hasta que ella volviera y pensaran, entre los dos, cómo seguir.

Abrió un paquete individual de canelones precocinados que aún le quedaba, lo metió en el microondas y, cuando estuvo listo, cogió una coca-cola y se acomodó para comer en una de las butacas viendo la televisión. En cuanto terminó, y limpió lo poco que había ensuciado, quiso abrir el portátil para seguir buscando información sobre el tema, pero recordó su promesa. Por ello, decidió salir a dar una vuelta, pese a la fina lluvia que no había parado de caer desde que amaneció. Como Alex no era amante de los paraguas se puso la cazadora y se encastó bien la capucha para cubrirse la cabeza.

Sin ser demasiado consciente, sus pasos le llevaron hasta la misma puerta de la librería en la que trabajaba pero, al darse cuenta, decidió tener cuidado para que no le vieran sus compañeros desde dentro. La tienda, que estaba en uno de los lugares más transitados de la ciudad, cerca de las Ramblas, no era precisamente el comercio más frecuentado. Ya hacía tiempo, después de la pandemia, que los bares de tapas, las tiendas de recuerdos, las de ropa, algunas pertenecientes a grandes cadenas y otras no, las zapaterías o las perfumerías habían vuelto a captar la atención de los turistas que habían regresado a la ciudad y que, a casi todas horas, deambulaban por la zona. Alex se dio cuenta de que su librería pronto seguiría los pasos de la tienda de grifos en la que trabajó antes. No estaba tan seguro, como el señor Eladio, de que el negocio pudiera aguantar mucho tiempo. Tenía que pensar, en serio, en buscar una alternativa laboral lo antes posible. Si ya, en aquel momento, no llegaban a fin de mes, como él perdiera otra vez el empleo, todo su proyecto de vida se retrasaría aún más.

—Perdone, yo a usted le conozco. Su nombre es Alejandro Ruiz, ¿verdad? —le preguntó, de repente, un hombre que, colocándose delante, le cortaba el paso de una manera algo extraña.

—Sí. Perdone pero: ¿nos conocemos?

—Hasta ahora no habíamos tenido el gusto. Venga conmigo —le dijo, tomándole del brazo y empujándole, hasta hacerle entrar en la portería de uno de los degradados edificios de aquella calle, aprovechando que dos de sus vecinos salían y mantenían la puerta abierta mientras abrían sus paraguas.

Una vez dentro, Alex se vio en un espacio minúsculo, de donde partía la escalera, con unos muy desgastados escalones, y un olor a humedad bastante repugnante.

Tras asegurarse de que nadie les escuchaba, el desconocido comenzó a hablarle. Lo hizo empujándolo contra la pared, a tan pocos centímetros de su cara que Alex sentía el calor de su aliento. Aquella situación le hizo sentir muy incómodo, sobre todo tras haber vivido una pandemia en la que todos debía guardar la distancia de seguridad con los demás:

—¡Por fin! He estado viniendo a la puerta de esta polvorienta librería día tras día, esperando el momento de verle de nuevo y, por fin, he tenido suerte. Aunque veo que ha intentado cambiar de aspecto. Permítame decirle que esa barba no le favorece. Pero vayamos al grano, usted tiene algo que yo necesito.

Alex comprendió de repente quién era. Se trataba de Roberto Estévez, el hijo del fiscal corrupto.

—No sé de qué me habla. No sé quién es usted —mintió.

—Claro que lo sabe —alzó la voz Roberto tomándole de la cazadora y alzándolo tanto que casi dejó de tocar el suelo—. Devuélvame lo que encontró en el libro de mi padre. A usted no le interesa. Le aconsejo que no se meta en líos. Ya vio lo que sucedió en su piso hace unos días. ¿No le apetece vivir tranquilo?

Alex abrió los ojos de repente y, sin controlar con quién se las estaba teniendo, le respondió:

—Si tanto lo quiere tendrá que pagar por ello.

—Esto no funciona así —le amenazó el hijo del fiscal, manteniendo a Alex en el aire con una mano, mientras con la otra hurgaba, sin éxito, en sus bolsillos para ver si llevaba encima el preciado documento—. Usted me da lo que le pido y se olvida del asunto. Si no colabora tendrá una nueva visita. Sé que se mudó. Cuente con que voy a dar la orden para que le sigan, y así sabré dónde se oculta ahora. Pero vamos a hacerlo por las buenas —dijo, soltándole y cambiando el tono de voz, aunque seguía tan cerca que todavía le salpicaba su saliva al hablar—. Le voy a dar unos días para que se lo piense. Para mí, lo fácil sería ordenar que entraran y recogieran el documento que pertenece a mi familia hoy mismo. Seguro que se lo llevó a su nuevo piso. Pero tranquilo, no lo haré de momento. Esperaré a que usted mismo se convenza y me lo entregue. En diez días sabrá de mí otra vez. Por cierto, su jefe fue muy amable y me dio su móvil. Le llamaré. Y, por supuesto, ni una palabra a nadie —concluyó, mientras soltaba a Alex y le arreglaba la cazadora que se había descompuesto tras aquella conversación tan accidentada.

En cuanto Roberto Estévez abandonó la portería, Alex intentó respirar profundamente para calmarse. Acababa de confirmar que estaba jugando con fuego.

Por suerte o por desgracia, ningún vecino apareció por el portal, y pudo esperar unos minutos hasta que se decidió a salir. Ya en la calle, se quedó un poco más en la misma puerta, mirando a lado y lado de la calle.

Dudó de todos los que pasaban por ahí: de los que estaban apostados en los escaparates y de los que tomaban algo en las terrazas de los bares. Estaba seguro de que aquel hombre ya había llamado a alguien para que le siguiera, y no tenía nada que hacer. Evitarlo sería difícil y lo único que le quedaba era no arriesgarse más de lo necesario.

Quizá debiera devolverlo todo a sus legítimos dueños y volver a su vida normal.

Comenzó a caminar, llegando a olvidar que, con toda seguridad, estaba siendo observado. Al menos ya no llovía y, mientras se encaminaba al que ya no sería más su escondite, repasó las palabras del hijo del fiscal y se centró en las que le parecieron más importantes en ese momento: *"Le voy a dar unos días para que se lo piense. Para mí, lo fácil, sería ordenar que entraran y recogieran el documento que pertenece a mi familia hoy mismo. Seguro que se lo llevó a su nuevo piso. Pero tranquilo, no lo haré de momento. Esperaré a que usted mismo se convenza y me lo entregue. En diez días sabrá de mí otra vez"*.

Aun podía disponer de un tiempo para conseguir su objetivo. No debía rendirse todavía. Lo que más le preocupara era poner en riesgo a Carlota e intentar que nadie entrara y destrozara el piso de Hugo, tal y como habían hecho con el suyo.

Ya estaba llegando a la Avenida Gaudí cuando vio que había luz en la ventana del comedor. Carlota ya estaría de vuelta. No le diría nada del encuentro que acababa de tener.

—¿Me has echado mucho de menos cariño? —le preguntó, sin esperar respuesta en cuanto le vio entrar, después de besarle—.

Mis padres me han preguntado por ti y les he dicho que estabas trabajando. ¿Qué has hecho esta tarde?

—Fui a pasear por el centro. No toqué el portátil tal y como te prometí —le dijo, guiñándole un ojo—. Pero he pensado que deberíamos seguir localizando a todos los que pudieran estar interesados en este asunto. Seguro que hay alguien que sí se avenga a tener un intercambio interesante con nosotros. Pero eso ya será mañana. Tienes razón. Voy a afeitarme esta horrible barba y voy a arreglarme el pelo. Esta noche nos vamos a cenar a tu restaurante favorito —sugirió Alex, al entender que ya no tenía sentido seguir ocultándose—. Vamos a darnos un capricho, ¿Por qué no?

CAPÍTULO 13

La mañana siguiente Alex se despertó temprano. Antes de las siete ya había desayunado y había preparado para Carlota un par de minibocadillos de pavo y de queso light. Cuando ella apareció por la cocina, un par de horas después, ya estaba duchado y vestido.

—Hoy vamos a conocer a la familia de Alfredo Rivero —soltó de repente, tras darle un beso de buenos días—. Creo recordar que en alguna noticia de la época aparecía la dirección exacta del lugar donde tuvo lugar el asesinato. A ver si la encuentro —dijo, mientras abría su portátil—. Podemos ir para ver si su viuda sigue viviendo allí, e intentar hablar con ella. ¿No te parece que también podría interesarle, y mucho, saber quién mató a su marido? Por cierto, ahí tienes tu desayuno. Solo has de prepararte el zumo de naranja.

—¿Pero tú crees que nos recibirá? ¿Ahora quién dirás que eres? ¿Otro escritor? —preguntó Carlota, algo recelosa, mientras miraba de poner en marcha el exprimidor de diseño del piso de Hugo.

—Mira, ya la tengo —soltó Alex, dando a entender que no había escuchado el comentario de su mujer—. El crimen tuvo lugar en una torre cerca del Passeig Bonanova, y el nombre de su viuda es Amparo Castaño. Cuando consigamos acercarnos a ella le diremos lo que sabemos, pero sin explicarle cómo conseguimos la información.

—¿Y no has pensado en que quizás ella haya muerto, o que ya no viva allí? Es el lugar donde mataron a su marido y puede que decidiera mudarse —expuso Carlota, intentando pensar en todas las posibilidades.

—Pues ya improvisaremos algo. Venga, vamos.

Era cerca de la una cuando llegaron a aquel antiguo barrio de veraneo de la burguesía barcelonesa, en el que también se encontraban varios de los colegios más exclusivos de la ciudad. Hoy día se había unido a la trama urbanística, pero seguía siendo un lugar nada asequible para bolsillos como el de Alex y Carlota.

Cuando localizaron la casa que buscaban se situaron en la acera de enfrente, a unos cuantos metros de distancia, para observar si alguien entraba o salía de allí. Su intención era ser lo más discretos posible aunque, en una calle tan poco transitada como aquella, era muy complicado.

Aquella zona había cambiado bastante con los años. Actualmente se sucedían viviendas comunitarias, de reciente construcción, con casas, algunas bastante ostentosas, con jardines más o menos frondosos.

Desde el lugar en el que Alex y Carlota estaban situados podían ver cómo, la que fue la residencia de la familia Rivero Castaño, era de las que aun mostraban bastante poderío económico. Se trataba de una finca rodeada con una alta verja de hierro, con aparatosos detalles florales, en la que dentro se entreveía un amplio espacio ajardinado y, al fondo, una casa de dos plantas con un cierto toque clásico, casi de cuento: pequeñas columnas ambos lados de las ventanas, un par de torreones, una tribuna…

No llevaban ni diez minutos esperando cuando vieron que se abría la puerta de la verja que rodeaba la finca. De ella salió una mujer mayor, acompañada de otra que parecía una empleada doméstica. Sí, por las fotos que habían visto en la prensa, se trataba de la viuda del empresario asesinado: seguía siendo pequeña y delgada, aunque ahora con un escaso, pero brillante, pelo blanco. Alex, que siempre fue un buen fisonomista, la reconoció en seguida.

La muchacha se fue, y la mujer, que parecía tener problemas de movilidad, se quedó sola esperando en la puerta que había quedado abierta por completo. Unos minutos más tarde, apareció un joven de unos catorce años que la cerró, se guardó la llave en el bolsillo de su abrigo y, cogiendo del brazo a la que debía ser su abuela, comenzaron a caminar hacia el Passeig Bonanova.

La pareja cruzó a la otra acera y pasó por delante de Alex y Carlota, pero no les prestó atención y siguió caminando hasta el final de su calle girando a la derecha.

—¿Has visto que guapo es ese chaval? —comentó Carlota, mientras caminaban tras ellos intentando ser los más discretos posible—. Con ese pelo rubio tan bonito y esos ojazos tan azules e intensos. Seguro que todas las niñas de su clase le van detrás.

—¿Tengo que ponerme celoso? —rio Alex, antes de frenar en seco pues su objetivo acababa de pararse ante la puerta de un restaurante.

—Irán a comer allí, aunque deben esperar a alguien porque se quedan fuera —observó Carlota.

—Mira, ahora que el chico ha entrado y la ha dejado sola, voy a acercarme —decidió Alex dejando a su mujer con la palabra en la boca.

—Buenos días señora. Usted no me conoce, pero tengo una información que le puede interesar —le soltó de repente, cuando la tuvo cara a cara.

La mujer, que se quedó algo aturdida, se giró e hizo el gesto de querer marcharse.

Alex dio un par de pasos y, plantado de nuevo ante ella, le mostró sus condolencias por lo sucedido a su marido, Comenzó a explicar lo de siempre: que si tenía información que podía interesarle, que si aquel era inocente, que si él sabía quién era el culpable, que si ella podía conocer la verdad…

De repente, tuvo que cortar su exposición cuando Amparo Castaño comenzó a gritar pidiendo auxilio, aunque la mujer no coordinaba sus palabras con sus gestos. Parecía no estar bien. Al momento, salió del restaurante su nieto que la cogió del brazo y la trató de calmar, a la vez que la alejaba de Alex.

—Déjela en paz o llamo a la policía —amenazó el muchacho.

—Mamá, mamá —se oyó a lo lejos—. Ya está, ya está —le dijo una mujer que apareció de repente, cruzando desde el otro lado del Paseo, y la abrazó—. ¿Quién es usted? Llama a los Mossos —ordenó a uno de los camareros que había salido a la calle.

Estaba claro que era Sara Rivero, la hija de la víctima. Era una mujer que, fuera de su entorno, llamaría mucho la atención: debía medir un metro ochenta, delgada pero fuerte, prueba de que cuidaba mucho su aspecto. Además, su larga y ondulada melena caoba y sus ojos verdes destacaban de una manera especialmente atractiva.

—Tranquila, no quería asustar a su madre. Por favor, no llame a nadie. Mi nombre es Alejandro Ruiz. Le estaba explicando que sé quién mató a su padre. No fue Ignacio Santamaría. Tengo pruebas sobre quién lo hizo. Quizá le interese conseguirlas a cambio de…

—O se va inmediatamente o llamo yo misma a la policía —dijo tomando su móvil con el gesto de comenzar a marcar un número de teléfono—. No remueva más el pasado. Si quisiéramos saber algo ya lo hubiéramos hecho nosotras. Deje las cosas como están. No haga más daño a nadie. Le advierto, como le vea de nuevo por aquí le denuncio.

—¿Qué sucede? —preguntó de repente un hombre que acababa de llegar. Con su cabeza rapada al cero, de piel muy morena, unos ojos negros como el carbón y con un extraño tatuaje en su cuello, parecía no cuadrar mucho con aquella familia a la que se dirigía.

—Nada papá. Este hombre, que estaba molestando a la abuela y que ha dicho que sabía no sé qué, creo que del abuelo. Pero mamá le ha dicho que no le interesa —resumió el chaval.

—No se le ocurra molestar a mi familia. Como le vea rondando por aquí de nuevo se las verá conmigo en los tribunales por acoso.

Carlota, que había permanecido al margen todo el rato, se acercó para tomar a Alex del brazo y llevárselo de allí. Se había juntado mucha gente y eso no era bueno.

Caminando, se fueron alejando del restaurante y, cuando ya estaban algo lejos, se sentaron en un banco para intentar relajarse.

—Quizás esto ha llegado demasiado lejos y hemos de abandonar. Lo hemos intentado, pero no podemos continuar. Asúmelo —dijo Carlota, queriendo hacerle entrar en razón.

Alex se mantenía callado. Se debatía entre hacerle caso o seguir con el tema hasta el final.

—Por cierto, ese niño, tan rubio y con los ojos tan claros… y ese padre, con ese aspecto tan extraño… Como que no parece serlo. No sé. Me da mala espina —expuso Carlota, sin venir a cuento.

—No me han dejado explicarme —Alex seguía con lo suyo—. No he podido aprovechar la oportunidad que tenía. Pero encontraré otra. Seguro que aún me queda algún cartucho por quemar.

Tras unos minutos se levantaron para seguir el camino de regreso, pero en todo el trayecto apenas hablaron. Alex estaba dándole vueltas a algo, tan concentrado, que se dejó llevar por Carlota: que si coger un autobús para llegar a la Diagonal; que si parar a comer un bocadillo en un centro comercial; que si coger el metro para ir a casa. Apenas abrió la boca para decir algo hasta que llegaron al piso.

Una vez allí, lo primero que hizo fue ir derecho a encender su portátil.

—Ahora hemos de dar con el forense —dijo de repente.

—¡Basta ya! ¡Estoy harta! Todo esto no nos lleva a ningún sitio y no acabará bien —saltó Carlota enfurecida, porque Alex parecía haber salido de su ensimismamiento pero sin haber aprendido nada de lo sucedido los últimos días.

—¡Lo tengo! —exclamó, para desesperación de su mujer—. Aquí dice que *"Vicente Bermejo, profesor de la Facultad de Medicina tras dejar su puesto como forense en el Instituto de Medicina Legal de Barcelona, se ha jubilado y ha sido homenajeado por muchos de sus alumnos en sus más de 10 años de docencia. Ha prometido seguir colaborando con ellos siempre que lo necesiten".*

Carlota respiró hondo y decidió no decir nada, a la espera de ver cómo acababa su razonamiento.

—Puedo llamar a la Facultad y pedir su contacto para solicitarle consejo en algo, ya pensaré en qué —concluyó satisfecho—. ¿Qué te parece? ¿Ves como si una puerta se cierra otra se abre?

—¿Sabes qué? No puedo más. Me voy a casa de mi hermana. Aquí te quedas. Ya estoy cansada de todo esto —concluyó mientras metía en una bolsa de viaje ropa, y todo lo necesario, para pasar fuera varios días.

Alex se quedó algo cortado con su reacción, pero aún más se sorprendió ella cuando le dijo:

—No te preocupes. Llamaré a Hugo. Tú descansa.

No tardó ni diez minutos en irse y, cuando se quedó solo, lo primero que hizo fue buscar el teléfono de la Facultad. Pero no llamaría entonces, lo dejaría para el día siguiente. Ahora lo que tenía que hacer era localizar a su amigo para ponerle al día y contarle sus planes.

CAPÍTULO 14

El timbre de la puerta le despertó bien temprano. Era Hugo que, para no asustar otra vez a su amigo, llamó antes de abrir con su llave.

—¿Todavía estás así? Venga ya, levanta —apremió al verle en la cama, mientras se quitaba la cazadora—. Si lo llego a saber hubiera ido antes al gimnasio.

—Está bien, está bien. No te quejes tanto. Tú, que te pasas todo el día enganchado a internet, viendo si te reservan o no tus fantásticos pisos turísticos. Oye —cambió de tercio—, igual eres más convincente. ¿Por qué no llamas a la Facultad mientras me ducho y pides las señas de Vicente Bermejo? Invéntate algo, que has de escribir un artículo, un informe, un... no sé, algo. Tú sabrás. Que quieres pedirle consejo sobre un asunto —y, sin más, le plantó en la mano su móvil con un post-it en el que estaba anotado un número de teléfono.

—¿Sabes? Eres lo peor. No entiendo como tu mujer te ha aguantado hasta ahora. No me extraña que se haya ido con su hermana —pero su amigo ya no le escuchaba pues acababa de abrir el grifo de la ducha.

Quince minutos después, ya arreglado y con un cruasán en la mano, se presentó de nuevo ante Hugo:

—¿Cómo ha ido? ¿Has conseguido algo?

—Tengo un teléfono fijo, móvil no tiene, un correo electrónico y sé que ahora vive en Llafranc.

—¡Sabía que podía contar contigo! ¿Sabes en qué pensaba mientras me duchaba? Pues que, seguramente, fue el fiscal quien le pidió un nuevo informe incriminando a un inocente. El motivo está claro —se dijo a sí mismo, reflexionando mientras se ataba las bambas —: fue por dinero. El que le pagó alguien relacionado con el verdadero culpable. Hemos de dar con esa persona y sacarle toda la información posible.

—No estoy muy seguro de que todo esto sea buena idea. Me siento como un idiota ayudándote en todo esto.

—No Hugo, siéntete como un crack. Eso es lo que eres.

—En fin —dijo resignado—, ¿y ahora qué?

—¿Has dicho Llafranc? Podríamos ir. ¿Viniste en coche?

—No me lo puedo creer —concluyó Hugo mientras recogía su cazadora y se disponía a salir tras Alex, que ya estaba en la puerta poniéndose la suya.

Tardaron algo más de tres horas en llegar a su destino. Conocía más o menos la zona. Alguna vez, antes de conocer a Carlota, en sus años de mochilero, había ido a la playa por aquellos pueblos, en plena Costa Brava, no demasiado lejos de la frontera con Francia. Por su distancia a Barcelona y por su acceso, no era de las más frecuentadas en verano, por lo que aún se podía disfrutar del gran privilegio de deambular por sus empinadas callejuelas, y estirarse en alguna de sus playas de agua casi transparente, con tranquilidad. Tanta que, en la actualidad, se respiraba cierto nivel adquisitivo entre las personas que residían o se alojaban allí.

Pero claro, él recordaba haber ido en verano, y ahora todavía era invierno. Y aquel día de marzo era especialmente frio. A lo que se sumaba la Tramontana, que, por momentos, cortaba la respiración.

En el camino habían pensado cómo proceder. En una población tan pequeña como aquella un profesor de Medicina no pasaría desapercibido. Tendrían que encontrar a alguien con ganas de hablar y que no le costara demasiado desvelar secretos de sus vecinos.

—Me parece buena idea. A ver qué encontramos primero —dijo Hugo, mientras salían del coche que habían conseguido aparcar justo delante de la playa—. Lo ideal sería una panadería, un quiosco, un colmado o algo parecido. O sea, ese tipo de tiendas que la gente necesita a diario. Seguro que allí encontraremos quien nos dé la información que buscamos a poco que le demos conversación —continuó mientras caminaban por la que parecía la calle más comercial de Llafranc.

—Vamos a probar aquí —dijo Alex entrando en el primer local que vieron abierto y que resultó ser un quiosco.

Ambos se pusieron a mirar todo lo que había expuesto en las estanterías, y tomaron varias publicaciones. A la hora de pagar Alex tomó las de Hugo y se acercó con todas ellas al dependiente, un tipo algo entrado en carnes, de unos cincuenta años, indiferente a ellos desde que entraron:

—¡Que tranquilidad se respira por aquí! ¿Es siempre así? Mi mujer y yo queremos comprar una torre para venir en verano y creo que este lugar le gustaría —dejó ir, mientras buscaba en su cartera, repleta de tarjetas de cliente de mil y un comercio, dinero para pagar. Algunas se le llegaron a caer y tuvo que agacharse a recogerlas. La hostil actitud de ese hombre le había puesto nervioso y, cuando se levantó de nuevo, lo hizo con la sensación de no haberlas recuperado todas.

El dependiente, sin mostrar el más mínimo interés por sus clientes, sumó el importe de todas las revistas y dijo, de mala gana, el importe total. Ni una palabra más. No parecía dispuesto a colaborar:

—Alex, ¿no es éste el pueblo donde vive el que fue el profesor de medicina de tu mujer? —probó, sin éxito, Hugo para ver si aquel hombre reaccionaba.

—Mire —concluyó Alex en vista del fracaso—, estoy pensando que vamos a ir demasiado cargados con todo esto —dijo señalando las revistas del mostrador—. Ya pasaremos por aquí más tarde. ¿Te parece bien Hugo?

—Lo que tú digas —le apoyó su amigo decepcionado también con el resultado.

Ya en la calle probaron fortuna en dos panaderías y en una farmacia, pero sin conseguir la información que necesitaban. Pese a que las dependientas fueron muy amables, no les proporcionaron información alguna. Lo único que consiguieron fueron cuatro sabrosos cruasanes y una caja de tiritas.

No estaba resultando fácil. La gente parecía recelosa de hablar con desconocidos. No debía ser habitual que fuera de temporada, un viernes, y con aquel tiempo tan desapacible, aparecieran de repente dos turistas y que comenzaran a hacer preguntas sobre los vecinos.

Aun así, siguieron intentándolo hasta que llegó la hora de comer y lo que tocó fue buscar dónde hacerlo.

Encontrar un restaurante resultó algo complicado, pues al ser temporada baja no había demasiados abiertos. Eso sí, afortunadamente, los pocos que habían ofrecían menú, con lo que los precios eran bastante más asequibles que en verano. Se decidieron por uno y, cuando ya iban por los postres, el camarero les preguntó qué les había llevado hasta allí fuera de temporada y con aquel tiempo. Alex no se lo pensó dos veces y lo intentó, de nuevo, con aquella historia de la torre que quería comprar y el profesor de medicina de su mujer. Esta vez sí funcionó:

—Sí, debe ser el doctor Bermejo. Es un cliente de los fijos. Bueno, ahora algo menos pues es muy mayor y está bastante delicado —comenzó a explicar el camarero.

—¿Dónde vive? Mi mujer lo admiraba mucho y si le consigo una casa cerca estaría encantada —probó Alex.

—Si van caminando han de subir por la calle de atrás y llegar casi al final, porque la suya es la penúltima torre que encontraran. Una que tiene una enorme terraza sobre una gran piedra. Tiene unas vistas espectaculares sobre el mar. No tiene pérdida —soltó, por fin, lo que los dos amigos estaban esperando escuchar desde que llegaron.

Agradecidos, acabaron de comer y tras pagar, ya fuera, no tuvieron ni que mirarse a los ojos para comenzar a subir por la calle que les había indicado el amable y locuaz camarero. Se subieron, todo lo que pudieron, los cuellos de sus cazadoras. La tramontana azotaba cada vez con más fuerza a medida que iban ascendiendo hacia la cumbre del risco que, a su derecha, ya acababa rompiendo sobre el mar. La pendiente acabó siendo muy pronunciada, como solía serlo en casi todos los pueblos de la Costa Brava, por lo que no les extrañó que en todo el trayecto no se cruzaran con nadie, ni caminando y ni siquiera en coche. Diez minutos más tarde el viento amainó, lo que les permitió hacer algo más cómoda la marcha.

Cuando llegaron prácticamente al final de la calle no tuvieron duda en que habían encontrado la casa que buscaban: blanca, enorme, manteniendo el equilibrio sobre una enorme piedra que parecía estar a punto de desprenderse en cualquier momento, llevándose consigo la terraza y media vivienda.

Una vez allí quedaba pensar qué debían hacer. Se quedaron a una distancia prudencial, aunque no lo suficiente, pues estaban a la vista de muchas de sus ventanas y de su increíble mirador sobre el mar.

—¡Eh, ustedes! ¿Qué hacen ahí? ¿Qué quieren? —dijo de repente una mujer que acababa de asomarse desde uno de los grandes ventanales—. O se van o llamo a mi marido.

—Tranquila, tranquila. De hecho queremos hablar con él. ¿Sería posible que se acercara un momento a la puerta? Hemos de explicarle algo —improvisó Alex una vez más.

—¿Con quién hablas? —se oyó detrás de la mujer—. ¿Quiénes son ustedes? —dijo el hombre que apareció junto a ella y que, por supuesto, era Vicente Bermejo, con bastantes más arrugas de las que tenía cuando colgaron la foto en la web de la facultad de Medicina.

—Doctor Bermejo. Queremos hablar con usted. Tenemos algo que a usted le interesa. Baje, por favor —dijo Alex señalando la verja de la entrada— y hablaremos sobre ello.

—Ya les dije que no pienso vender la casa. ¡Déjennos en paz!

—No, se equivoca. No queremos comprar nada. Pero necesitamos hablar con usted sobre algo que sucedió hace años —terció Hugo.

De mala gana, acabó por acceder. Al hombre que se presentó ante ellos le costaba caminar pues cojeaba de manera ostensible de una de sus piernas, aunque podía hacerlo sin ayuda. Era muy alto. Debía medir cerca de los dos metros, y aun guardaba una envidiable, aunque canosa, mata de pelo. Por su potente voz, y su apariencia, debía haber sido, y aun parecía serlo, un hombre de carácter.

—Muchas gracias por su tiempo doctor. Soy Alejandro Ruiz y tengo en mi poder, a buen recaudo, unos informes que podrían desacreditar su carrera —comenzó a exponer Alex—. Se trata de los informes reales sobre el asesinato de Alfredo Rivero. En ellos se menciona la existencia de restos en sus uñas y que, según el informe del laboratorio, corresponden a una persona que no fue juzgada. Ese ocultamiento de pruebas hizo que el crimen se acabara achacando a otra persona, que nada tuvo que ver con los hechos. Además, tenemos la sospecha de que usted mismo redactó el falso informe con el que se culpó a dicho inocente —soltó sin más su teoría de lo que supuso había pasado, aunque no tenía prueba alguna—. Pero no se preocupe. No es nuestra intención remover el pasado. Podemos hablar sobre ello más tranquilamente, si lo desea. Todo tiene un precio —dijo finalmente para tantearle.

—No sé de lo que está hablando. Déjenme en paz, a mí y a mi familia. Si los vuelvo a ver por aquí, o nos vuelven a molestar de alguna manera, entonces sí que hablaran, pero no conmigo, sino con alguien que irá de mi parte. No me pongan a prueba. Les aseguro que se arrepentirían.

Dicho esto se giró y entró en su casa. Pocos minutos después vieron como, por una de las ventanas que daba hacía donde ellos estaban, el doctor hablaba con alguien por teléfono.

Otra vez les había salido mal. Parecía que tampoco iba a colaborar.

Sin mediar palabra comenzaron a bajar por la calle hasta llegar al lugar donde habían aparcado el coche.

—Vámonos de aquí en seguida —sugirió Hugo—. ¿Te apetece que volvamos por la carretera y que paremos en Lloret para tomar una caña? —dijo, cambiando de tema, para romper la cadena de pensamientos que sabía que había en la cabeza de su amigo.

—Quizás tenga que asumirlo. No soy detective, ni investigador como los de las películas. ¿Qué me queda? ¿He de abandonar? ¿Quemar las pruebas? ¿Devolvérselas a los que las están buscando? ¿Dárselas a la policía? ¿Dárselas al periodista? —dijo, razonando en voz alta.

—Date unos días y piénsatelo bien. Eso sí, en cuanto lleguemos llama a Carlota para que vuelva. A ver si se va para siempre y entonces tendrás dos problemas.

—Con la de hoy ya he visitado a todas las personas implicadas en este asunto —siguió, a medias hablando para sí mismo, a medias con su amigo—. El hijo de Guillermo Estévez me dijo que me daba unos días, y que después contactaría conmigo. Hasta que llegue ese momento, veremos si alguien mueve ficha. Yo también les doy un tiempo —concluyó—. Venga, vamos a tomar esa cerveza.

CAPÍTULO 15

La mañana siguiente la pasó Alex intentando hablar con su mujer. Le llamaba una y otra vez, sin éxito. Al final, hacía el mediodía, contactó con su hermana:

—Hola Laura, quiero hablar con Carlota pero no me coge el móvil —le dijo, convencido de que estaba a su lado y que escuchaba la conversación.

—Alex, ella me lo ha contado todo —comenzó—, y dijo que no quería saber nada más de ti. Lo que no sé es dónde está. Esta mañana salió temprano y no ha vuelto. Creí que tenía que hablar contigo y que te había ido a ver. ¿Dónde estás? —preguntó, pero sin dejar que él contestara—. Ya debería haber regresado. Todo esto es muy raro y me da muy mala espina. No entiendo nada. Ayer me contaba que estaba cansada de toda esa historia en que la te has metido. Dice que es muy peligrosa y que tiene una fácil solución: que devuelvas ese dosier y ese documento a sus dueños y que te olvides de ello. Alex, ¿qué está pasando? Si ahora no estás en el piso vuelve enseguida, seguramente te está esperando. Si es así, y espero que lo sea, llamadme para quedarme tranquila sabiendo que Carlota está bien.

—No te preocupes Laura —quiso tranquilizarla—. Seguro que vino, pero salió a comprar algo en el supermercado. En cuanto a lo que he de hacer, ya que lo sabes todo, no es tan sencillo. ¿Qué te parece? ¿Devuelvo el documento al hijo del fiscal? ¿El informe al forense? ¿Se lo entrego todo a la familia del presunto asesino para que quede impune? ¿A la de la víctima? ¿A la del acusado injustamente? ¿A quién? —respondió algo airado.

—Eso no lo sé ni me importa, pero has de acabar con este asunto porque parece realmente peligroso. Pero ahora lo que has de hacer es llamarme en cuanto sepas algo de Carlota.

Colgaron. Alex no le dio importancia al hecho de que su mujer saliera a primera hora, de casa de su hermana, y que aún no hubiera regresado. Seguramente no tardaría en volver con ella a la hora de comer, pensó. Lo que sí le preocupaba era que Carlota lo estuviera pasando tan mal, pero sentía que ahora no podía abandonar.

Ya eran cerca de la una y no sabía qué hacer. Por un lado, no podía chafarle otra vez a su amigo sus planes para el fin de semana y, por otro, no quería gastar dinero para comer fuera. Solo le quedaba ir a casa de sus padres. Nunca se quejaban cuando se presentaba por sorpresa, y menos desde que Carlota se fue a trabajar fuera. Si por ellos fuera no se habría independizado nunca.

Para la ocasión se esmeró en arreglarse lo mejor posible. Una vez listo miró en su cartera buscando su tarjeta de transporte. La encontró algo arrugada y, por suerte, parecían quedar todavía dos o tres viajes. No se veía bien. En aquel momento no le apetecía ir caminando.

Vivían donde siempre, en uno de los barrios construidos en los años sesenta, entre los antiguos pueblos de Sant Andreu y Horta. Alex era hijo único, pero había disfrutado mucho jugando en la calle con los otros niños de su barrio, tanto al futbol, con unas porterías imaginarias, como al béisbol, con las bases marcadas con cuatro simples piedras y prestándose el bate unos a otros.

Llegó casi a las dos y su familia estaba a punto de sentarse para comer. Su padre comenzó a refunfuñar, quejándose de que se iba a enfriar la comida, pero su madre lo controló hábilmente y no le quedó más remedio que acomodarse de nuevo en el sofá, mientras ella iba, encantada, a preparar un plato más para su hijo.

Curioseó de mientras un poco por el piso. Casi todo seguía en el mismo lugar, como en los últimos treinta años: la vitrina del comedor llena de vasos y copas de fiesta para las comidas especiales: el bufet lleno de fotografías de cuando él era pequeño; recuerdos de algún que otro viaje que habían realizado en familia quién sabe cuándo… Por un momento, cerró los ojos y sintió que volvía a tener ocho años por medio del poder evocador de los aromas. Nunca había acabado de entender lo de la magdalena de Proust, pero era volver allí y recordar sus años de niño solo por el olor a lavanda que lo invadía todo.

Entró en la que había sido su habitación. Desde que se marchó de casa en ella había dormido mucha gente: familiares que habían venido de visita, algún conocido de sus padres que necesitara el favor de pasar la noche en algún sitio… pero nunca habían llegado a cambiar el mobiliario. Su vieja y, según le parecía ahora, pequeña cama, su armario y su escritorio parecían estar esperando volviera algún día.

—¿Cómo va todo? ¿Qué sabes de Carlota? Hace días que no me llama ni me escribe —le soltó su madre cuando lo vio entrar en la cocina mientras daba la vuelta a un bistec en la sartén.

—Está bien. Siempre liada con sus cosas. Se habrá despistado —le contestó su hijo, que no le había contado que había regresado a Barcelona.

La comida transcurrió en un intento de sacarle información, tanto por parte de su madre y, de vez en cuando, de su padre, y un intento de escabullirse con las respuestas por parte de Alex. Siempre eran las mismas preguntas: cuándo Carlota iba a cambiar de trabajo y se quedaba en Barcelona, cuándo les harían abuelos, si tenía futuro ese negocio de los libros en el que trabajaba... Nada que no fuera lo habitual de cada visita.

Cuando acabaron de comer ayudó a su madre a recoger la cocina y después se sentaron, junto a su padre, en el sofá ante la tele. No tardaron ni cinco minutos en quedarse dormidos los tres con una de esas soporíferas películas de los sábados por la tarde.

De repente, como por un resorte hacia las cinco de la tarde, tanto Alex como su madre se fueron desperezando y él comenzó a prepararse para irse.

—Porque no me acompañas a comprar una lavadora. La que tenemos está fallando y no durará mucho. Tu padre no quiere venir conmigo —probó suerte su madre.

—Tengo algo de prisa —mintió—. He quedado con unos amigos para ir a tomar algo y quiero pasar antes por casa. Dale un beso a papá de mi parte cuando se despierte.

Las excusas de su hijo nunca le habían convencido. Siempre sabía que eran mentira, pero no le quedaba más remedio que resignarse.

—De acuerdo. Pero la próxima vez no tardes tanto en venir y, si Carlota sigue de viaje, te quedas a dormir.

Alex besó a su madre y, tras prometerle que así lo haría, se marchó.

Ya en la calle se dispuso esta vez a regresar caminando. Eso le llevaría bastante tiempo, pero no tenía ninguna prisa. De hecho, le apetecía dar una vuelta.

Llevaba unos cincuenta minutos de marcha, y ya había anochecido, cuando llegó al Born. Aquel antiguo barrio de Barcelona, en el que se situaba la Catedral del Mar y había sido tan importante en la historia de la ciudad, estaba ahora abarrotado, tanto de familias y jóvenes locales, como de turistas.

Los comercios estaban repletos de gente entrando y saliendo y los bares tenían todas las mesas ocupadas. Era otro de los lugares más concurridos de la ciudad. El ajetreo era aún mayor que en la zona donde estaba el piso que le dejó Hugo y, continuamente, tenía que sortear a todo aquel que se le cruzaba en cualquier dirección.

—Perdón —le dijo un hombre que prácticamente se le echó encima.

—No se preocupe —contestó Alex intentando esquivarlo y seguir su camino.

—Hombre, ¡por fin le encuentro! ¿No es usted Alejandro Ruiz? —le preguntó el desconocido.

—Sí. Pero, ¿y usted quién es?

—Venga conmigo —le ordenó el desconocido mientras le cogía fuertemente del brazo, tan cerca y de tal manera que nadie a su alrededor se dio cuenta—. No intente huir. ¿Ve ese coche gris? Pues vamos a subir juntos. Tenemos que hablar.

—No pienso ir con usted a ningún sitio —contestó, mientras intentaba abrir la mano que, como una tenaza, le tenía agarrado. Fue en ese momento cuando vio que, detrás de su oreja derecha, tenía una cicatriz de unos diez centímetros y que su nariz parecía haber recibido más de un golpe. Ello le indicaba con qué tipo de persona estaba lidiando.

—No se resista —fue la respuesta que recibió, mientras aumentaba la presión en su brazo y sentía algo parecido a un arma en su espalda.

En la calle, el río de gente seguía tan fluido como antes y, extrañamente, esperar que alguien lo socorriera parecía imposible. No le quedó más remedio que caminar en dirección al vehículo que esperaba aparcado, a unos cien metros, con el intermitente puesto pues se trataba de una zona peatonal. Dentro esperaba alguien al volante.

En pocos minutos, el coche estaba circulando por la ciudad y él, al que le habían hecho quitar la cazadora y atado las manos lo más apretado posible, intentaba saber para quién trabajaban sus raptores.

—¿Quién les ha contratado? ¿El hijo del fiscal? Claro, me lo imaginaba. O... ¿no vendrán de parte del asesino? No, no... Ustedes trabajan para el forense corrupto. ¿A que sí? —soltó nervioso, viendo cómo se estaban desarrollando las cosas, justo antes de recibir un golpe en la cabeza que le hizo perder el sentido.

Cuando recuperó la conciencia vio que seguía dentro del coche, pero con el motor parado y las puertas abiertas. Era incapaz de saber cuánto tiempo había estado inconsciente. Le dolía mucho la cabeza por el golpe recibido.

Gracias a la iluminación que proporcionaban los faros del vehículo se dio cuenta de que estaba en lo que parecía un almacén abandonado. Pudo ver alguna máquina vieja y destrozada, cristales rotos en las ventanas y que faltaba la mitad del techo. Lo que de verdad le espabiló fue el olor nauseabundo que reinaba en aquel lugar. No sabría decir si procedía de un animal muerto, de agua putrefacta o de comida podrida. Además, se oía cómo, de algún lugar, caía agua con cierta cadencia.

Pero no tuvo tiempo de más. Los dos matones al verle consciente fueron a por él y lo sacaron del vehículo.

Lo arrastraron y sentaron en una silla, en el centro de aquella nave, frente a los faros del coche. Seguía con las manos atadas.

—Usted tiene algo que nosotros queremos —soltaron por fin.

Alex no lo pudo remediar y se echó a reír.

—Pero entenderán que no se lo voy a dar gratis.

—Le pagaremos dejándole vivo —le contestó el hombre que había conducido el coche antes de darle otro fuerte golpe en la cara.

—Basta, basta. Así no podemos negociar —dijo Alex, dolorido y cada vez más sorprendido con lo que estaba sucediendo.

—Queremos que nos entregue el informe forense que obra en su poder —confirmó finalmente el otro hombre, el que le había secuestrado en plena calle, mientras le asestaba otro puñetazo en la otra mejilla que le hizo caer al suelo.

—Pero ahora no se lo puedo dar —alcanzó a decir cuando se recuperó y, sentándose en el suelo, pudo tomar aire de nuevo.

—No se preocupe. No tenemos prisa —dijo el de la cicatriz, mientras le propinaba una fuerte patada en las costillas—. Sabemos dónde vive. Téngalo todo preparado para cuando nos volvamos a ver. Y no se le ocurra llamar a la policía. Si lo hace sepa que para el próximo asesinato que se comenta en la ciudad ya tendremos un culpable. Usted.

Dicho esto, el otro hombre sacó una navaja y le cortó la cinta que le cortaba la circulación de las manos. Encogido desde el suelo, vio cómo entraban en el coche, tiraban su cazadora por una ventana y algo más que, en aquel momento no pudo identificar, y se iban dejando a oscuras aquel tétrico lugar.

Con mucho esfuerzo consiguió levantarse. Ahora le dolía aún más la cabeza, a lo que se unían las costillas, la nariz, la mandíbula, las muñecas y, además, le costaba respirar. Pero lo más inmediato que tenía que hacer era salir de allí. Encogido de dolor, y con la poca luz que entraba por el techo roto, localizó su cazadora y buscó en los bolsillos su teléfono y su cartera. Gracias a la linterna del móvil dio con aquello que también habían tirado aquellos hombres por la ventanilla. Se trataba del carnet de un antiguo videoclub de su barrio, cerrado hacía años, con su nombre y su dirección. Esa tarjeta se le debió caer en aquel quiosco de Llafranc y, de esa manera, pudieron encontrarlo. Alex se enfadó consigo mismo, pero no pudo hacer ni una mueca de rabia pues el dolor de su mandíbula iba en aumento.

No podía esperar más y se dispuso a buscar la salida. Una vez fuera miró en todas direcciones pero no alcanzó a saber dónde se encontraba. Parecía un polígono industrial. Puso en marcha el Google Maps y le indicó que estaba en algún lugar de la Zona Franca. Estaba lejos, pero al menos sabía dónde. Solo le quedaba regresar al que ya no era su refugio y recuperarse de las heridas que había recibido.

Y pensar. Pensar mucho.

Nunca creyó que todo aquello le llevara a vivir situaciones como ésta.

CAPÍTULO 16

Al día siguiente Alex no podía moverse. Le dolía todo el cuerpo y, lo que más, la cabeza. Estaba a punto de explotarle tras cada uno de los latidos que retumbaban en ella.

La noche anterior, para volver, buscó en el Maps la parada de metro más cercana, e intentó pasar todo lo desapercibido que pudo. Se subió la capucha y el cuello de la cazadora para que no se le viera demasiada la cara. Pero, en un lugar con tanta luz y en un trayecto tan largo hasta su parada, pudo ver cómo muchos se alejaban de él, algo espantados por su aspecto y, por un momento, estuvo a punto de creer que iban a llamar a los de seguridad para detenerle.

Ya en el piso, cuando se quitó la ropa, vio que gran parte de su cuerpo incluido, por supuesto, su rostro, estaba lleno de moratones. Aunque, afortunadamente, apenas tenía cortes o heridas que curó, como pudo, gracias al botiquín que encontró en el baño. Después, sin cenar, se quitó la ropa y se echó encima de la cama, sin deshacerla siquiera.

Le costó dormir, sobre todo porque recordaba cada uno de los detalles acontecidos aquella tarde. Estaba claro que el forense había enviado a aquellos matones pero ¿cómo habían dado con él? No lo recordaba bien, y tampoco iba a levantarse para comprobarlo, pero quizás en la tarjeta del videoclub pusiera su dirección y, una vez allí, preguntaran a alguien. Pero nadie sabía que estaba en este piso. ¿O sí? De repente recordó que le había dicho a la señora Encarna, para que no se preocupara, dónde iba a alojarse mientras reparaban los destrozos que le habían causado. Por tanto, no les debió de ser tan difícil localizarle y seguirle el rastro.

Cuando le venció el sueño tuvo una horrible pesadilla: se vio caminando sobre una cuerda floja, sin red, y con varios cuchillos afilados bajo él, esperando a que diera un mal paso y cayera.

Despertó sobresaltado pasadas las doce de la mañana, pero no podía mover ni un solo músculo de puro dolor.

—¿Por qué ayer no habré bajado las persianas? —se lamentó en voz alta al verlas subidas hasta arriba, dejando entrar un radiante y soleado día que por fin anunciaba la próxima primavera.

Pasaron unas cuantas horas hasta que recibió una llamada al móvil. En un primer momento no le hizo caso. Pero a los pocos minutos volvió a sonar. El zumbido le pareció demasiado estridente y martilleaba su cabeza, por lo que acabó cogiéndolo. Se trataba de un número desconocido y le dio la vuelta para cortar la llamada. Quienquiera que fuera no paraba de insistir y no le quedó otra que contestar con un gruñido:

—¿Es usted Alejandro Ruiz? Soy Beatriz Santamaría.

—Sí, soy yo —contestó incorporándose en la cama reprimiendo los gemidos de dolor que le provocaba el esfuerzo.

—Hemos de vernos. He reconsiderado lo que me propusieron en su visita. Quiero que se haga justicia con mi padre. Si tienen información que esclarezca la verdad de lo sucedido ha de hacerse público.

Alex se acabó de levantar de la cama, como por un resorte, aunque estuvo a punto de caer al suelo por lo débil que se sentía.

—Claro que sí. Me parece una decisión acertada por su parte.

—Por supuesto que les recompensaré por ello. Estaría dispuesta a pagarles una cantidad importante. Dígame cuándo podemos vernos. Ha de ser en un lugar público, pero discreto, y así veremos cómo hemos de proceder. Y preferiría verme solo con uno de ustedes. Para no llamar tanto la atención.

Por fin, Alex vio que podía conseguir aquello que iba persiguiendo desde hacía días. Aunque ahora tenía claro que era realmente peligroso.

—Pero tenga claro una cosa —siguió Beatriz—: como se trate de un engaño mis abogados irán contra ustedes. Ellos sabrán, en todo momento, mis movimientos en nuestra cita. Si a mí me sucede algo, o detectan algún movimiento sospechoso por su parte, avisarán a la policía. Tenga presente que, ante todo, lo que quiero es hacer justicia con lo que le hicieron a mi padre. Nadie puede quedar impune. Los culpables de todo lo sucedido han de pagar por lo que pasó.

—No se preocupe. En cuanto le haga saber la información de la que dispongo verá cómo habrá valido la pena citarse conmigo —intentó tranquilizarla—. En breve contactaré con usted. Le llamaré a este mismo número para quedar. Verá cómo podrá reparar el nombre de su padre. Estaría orgulloso de usted.

Era bastante tarde, casi las cuatro, y el ruido de sus tripas le recordó que no había comido nada desde el día anterior en casa de sus padres. Con dificultad se duchó, se puso ropa cómoda y buscó en la cocina algo para comer. Por suerte encontró en la nevera un paquete de embutido abierto y en uno de los armarios una bolsa de pan de molde. Se preparó en un plato un par de sándwiches y con una lata de coca-cola se sentó en una de las butacas del salón. Algo tan sencillo como eso era, en aquellos momentos, un auténtico manjar para él. Aunque, gracias a sus mandíbulas magulladas, tardó en comérselo un buen rato. Mientras lo hacía no paró de pensar en cuál debía ser su siguiente movimiento, bastante más motivado que unas horas antes.

Al levantarse para limpiar lo que había ensuciado en la cocina vio, de reojo, el recibidor donde había tirado al suelo su cazadora al llegar la noche pasada. Cuando fue a recogerla, para su sorpresa, vio que allí había algo más. Alguien había intentado pasar por debajo de la puerta de entrada un sobre. Parte de él se había quedado enganchado y, para hacerse con él, Alex tuvo que estirar con lo que lo acabó rasgando. Puso la oreja en la puerta e intentó escuchar si había alguien al otro lado, pero el silencio era absoluto. De todas maneras y, sin pensarlo, abrió confirmando que allí no había nadie.

Era difícil saber en qué momento lo habrían dejado. Quizás habían llamado al timbre mientras estaba profundamente dormido y, al no contestar, le habían pasado una nota bajo la puerta, pensó sin más.

Con curiosidad volvió con el sobre a la butaca. Por delante leyó su nombre de pila y por detrás el remitente: Carlota. Ambas palabras estaban escritas de su puño y letra, pero parecía haberlo hecho con dificultad, como si no hubiera tenido un apoyo sólido dónde escribir.

Comenzó a temerse lo peor. Su corazón comenzó a latirle con fuerza y su cabeza volvió a darle una sacudida, como si le hubieran aplicado una descarga eléctrica.

Respiró hondo para intentar tranquilizarse, abrió el sobre y lo que leyó, escrito también por su mujer, le dejó helado:

"Alex, me han secuestrado. Pero no te preocupes, estoy bien. No me han hecho nada, solo me durmieron y desperté aquí, no tengo ni idea dónde. Solo se dirige a mí un hombre al que no había visto antes. Me ha ordenado que te escriba esto para que sepas que me soltaran si dejas de remover el pasado. Abandona ya, por favor. Para soltarme quieren a cambio las pruebas que

has conseguido. Dicen que pronto se pondrán en contacto contigo. Te quiero, Carlota".

Alex tuvo que leer el pequeño texto varias veces para ser consciente de lo que representaba. Hasta aquel momento creía que sus acciones solo le perjudicaban a él. Nunca pensó que el sobre y la llave, que halló por casualidad en un viejo libro, le llevarían a poner en riesgo la vida de su mujer.

Se levantó con un aullido de dolor y caminó, sosteniendo el equilibrio a duras penas, en estado de shock por el piso. Se asomó por todas las ventanas en un intento vano de descubrir a alguien espiándolo y que le diera una pista de quién tenía a Carlota. Tomó el móvil una y otra vez para ver si llegaba algún mensaje que pudiera orientarle. También estuvo a punto de llamar a la policía en varias ocasiones. Pero acababa lanzando el móvil sobre la cama, sobre la mesa o, incluso, una vez al suelo, según fuera donde se encontrara en aquel momento.

Acabó agotado y terminó echándose, de nuevo y con cuidado, en una butaca. Por un lado, pensó, debía salvar a Carlota y, para ello, tenía que renunciar a lo que hasta ese momento le había representado tanto esfuerzo. Por otro, se creía con el deber de que se hiciera justicia con aquel pobre inocente, acusado injustamente por un crimen que no había cometido, y que el asesino se llevara su merecido. Casi comenzaba a olvidar su idea inicial de conseguir un beneficio económico de todo ello.

Con dificultad se levantó. Pese al dolor necesitaba moverse, por lo que siguió reflexionando mientras caminaba por el piso.

En toda aquella historia había alguien con quién aún no había hablado. Era con la viuda de Félix Solano. Ella no sabía nada de lo que él había descubierto. Lo único seguro era que se había citado con Beatriz para destapar al culpable. Tenía que decidir si seguir adelante con el asunto o decirle que no contara con él, que le había engañado y que no tenía nada. Pero, según recordaba, ella le avisó de que no les permitiría jamás que le hubieran engañado. Que, en tal caso, les enviaría a sus abogados.

Alex se paró de nuevo ante la ventana del salón y, respirando hondo, decidió que tenía que seguir adelante. Pero, para hacerlo, antes debería avisar a la viuda de Félix Solano de todo lo que se iba a destapar.

Algo más tranquilo, aunque solo fuera por el hecho de haber pensado cuáles serían sus próximos pasos, cogió su portátil y se sentó en una de las butacas que, a esas alturas, ya debía haber tomando su forma. Aquel salón se había convertido en su lugar de trabajo, como en las películas, pensó para sí sonriendo por primera vez en muchas horas.

Tenía que encontrar a aquella mujer. Para ello recordó las palabras de Enrique Blasco cuando le dijo que seguía viviendo en el mismo lugar de siempre. Buscaría de nuevo los artículos publicados por el periodista para ver si, en alguno de ellos, aparecían imágenes de su vivienda y podía localizarla.

No tardó en encontrar varias fotografías en relación al posible sospechoso y, en una de ellas, vio claramente la dirección. Vivía en la falda del Tibidado, en Vallvidrera. Además, detalle importante, leyó cuál era el nombre de, la entonces, recién viuda: Teresa Puig.

Dejó el portátil en el suelo y se levantó para ir al baño. Allí se quitó la camiseta y, ante el espejo, buscó y palpó los diferentes focos de dolor. Con sus moratones su aspecto era bastante lamentable y aún no se veía capaz de salir de casa.

Lo dejaría para el día siguiente. Por suerte, aquel marzo seguía siendo bastante frío y podría esconder bajo la ropa todas las señales de los golpes, menos las de la cara. Debía intentar que su aspecto no fuera un motivo para generar desconfianza en aquella pobre mujer que había sufrido, a menudo y en silencio según le dijo el periodista, las agresiones de un marido violento.

Lo malo era llegar a Vallvidrera. Acceder con el transporte público era bastante complicado y no quería alquilar otro coche. Solo le quedaba una opción: recurrir a Hugo, de nuevo, para que le dejara uno.

Decidió espera hasta las nueve de la noche y, mientras tanto, no paró de pensar si le contaría lo de Carlota o no. Al final, decidió no decirle nada por el momento.

148

Se estiró en la cama para descansar y, en cuanto fue la hora, no tardó ni un minuto en llamar:

—¿Qué tal? Espero no molestarte —se disculpó de entrada, por si acaso—. Sólo será un momento. Quería saber si mañana por la mañana me podrías dejar un coche —soltó de un tirón como era su costumbre.

—Tú siempre tan oportuno —contestó riendo su amigo—. ¿Y para qué lo quieres si puede saberse? —preguntó de forma inevitable.

—Para ir a Vallvidrera. Allí vive la viuda de Félix Solano y quiero explicarle que va a salir a la luz que él es el verdadero asesino de Alfredo Rivero.

—¿Ha sucedido algo que yo no sepa?

—¿Por qué lo dices? —respondió Alex pensando que su amigo había detectado que algo más le preocupaba—. Sólo te diré que hace poco me llamó Beatriz Santamaría y quiere hacer justicia con su padre. Hemos de quedar para que le explique cuál es la información que poseo —dijo casi sin respirar para no darle tiempo a su amigo y que le descubriera.

—Vale, vale —contestó Hugo para su tranquilidad—. Veo que no hay manera de que te rindas. De acuerdo. Pásate por casa mañana hacía las diez y te dejaré uno.

Cuando Alex colgó creyó, por fin, que el círculo se estaba cerrando.

Tenía sed y quiso levantarse para ir a la cocina y beber agua, pero las piernas le fallaron y cayó a plomo de nuevo sobre la cama. No lo volvió a intentar. Lo único que tenía que hacer era pensar en cuándo y dónde quedar con Beatriz Santamaría.

No llegó a ninguna conclusión pues se durmió en pocos minutos.

CAPÍTULO 17

De nuevo, Alex olvidó bajar las persianas. Pero esta vez fue una ventaja pues el sol, que en esa época del año empezaba a salir un poco antes, le hizo despertar a tiempo. Miró el reloj. Eran cerca de las nueve y tenía que recoger el coche de su amigo.

Hizo el gesto de levantarse y se dio cuenta de que le era menos doloroso. En el baño se observó en el espejo y pudo comprobar como su aspecto había mejorado bastante al haber bajado la intensidad de los moratones.

Se duchó y se vistió en pocos minutos. Buscó algo con lo que tapar las señales que aún eran perceptibles en su rostro y en un neceser de Carlota encontró maquillaje en polvo. Dudó, pero acabó poniéndose un poco con la brocha. No contento con el resultado, tuvo que quitárselo un par de veces hasta que creyó haberlo conseguido. Su cara lucía ahora mejor aspecto.

Una vez listo, aun ante el espejo, pensó en su mujer. Estás bien, ¿verdad?, susurró como si ella pudiera oírle. Tú entiendes por qué he de seguir adelante, lo sé. Estoy convencido de que nadie te hará daño. Esa gente no quiere más muertos. Solo quiere sus pruebas. Pero yo se las daré a quien se las merece. Tranquila, todo acabará bien, dijo finalmente guiñando un ojo y lanzando un beso al aire como si esperara que ella pudiera captarlo.

Ya en la calle decidió ir andando a casa de Hugo. Su amigo vivía a sólo unos quince minutos, en un ático en la mismísima Diagonal de la derecha del Ensanche.

No hacía demasiado frío pero se veían a lo lejos unas feas nubes negras. Por un momento pensó si sería una señal de lo que le separaría el día, pero se obligó a sí mismo a ser optimista. Buena falta le hacía.

En cuanto llegó al piso, y su amigo le abrió la puerta, comenzaron las preguntas obvias en relación a algunas de las marcas que aún podían intuirse en su rostro. Las respuestas que improvisó no funcionaron. Tuvo que acabar contándole la verdad.

—Entonces, resumiendo —dijo Hugo—: ahora te pisan los talones el hijo del fiscal y el antiguo forense. Como los dos coincidan en visitarte de nuevo estás acabado.

—Pues, por eso mismo, este asunto ha de acabar lo antes posible. Pero primero he de avisar a Teresa Puig, la viuda, y después pasarle toda la información a Beatriz Santamaría. Ella sabrá cómo proceder para que todos los culpables acaben pagando por lo que han hecho.

—Me gustaría acompañarte. De hecho creo que debería hacerlo, pero la verdad es que no puedo porque tengo firma con el notario para la compra de un viejo edificio. Tendrías que haberme avisado antes. Toma —le dijo dándole uno de los llaveros que sacó de un cajón—. Es del coche de mi hermana que está de viaje. Es pequeño y lo podrás aparcar en cualquier sitio. Lo encontrarás justo delante de la farmacia. Hazme un favor. En cuanto termines la visita llámame para quedarme tranquilo.

Alex lo tomó y, tras abrazarle en señal de agradecimiento acompañado de un gesto de dolor, salió sin mediar más palabras entre ellos.

Ya en el coche, antes de arrancar, marcó la ruta en el Google Maps. Había dos caminos para subir a Vallvidrera y Alex decidió ir por la Carretera de la Arrabassada, desde el Valle Hebrón. Ponia que tardaría en llegar algo más de media hora.

Durante todo el camino pensó en Carlota, y si estaba haciendo bien en realizar esa visita. Se sentía algo culpable por querer seguir adelante. Pero sí, se convenció de nuevo, tenía que hablar con Teresa Puig. Y, en seguida después, pensar en cómo salvar a su mujer de los delincuentes que la hubieran retenido.

Cuando, pasados treinta y tres minutos, llegó a su destino vio que se trataba de una torre en la falda de Collserola. Como en otras de aquel barrio, se entraba por la parte superior, con el jardín por encima y, para acceder a las diferentes estancias de la vivienda, había que ir bajando. Por supuesto, las vistas sobre la ciudad de Barcelona eran de ensueño para cualquiera que fuera un enamorado de la ciudad.

Alex paró a unos treinta metros de la entrada. No había preparado cómo presentarse ante la señora Puig pero no quería tardar demasiado en bajar del coche. Era una calle por donde apenas pasaba nadie, solo los vecinos. Podía ser sospechoso que un extraño estuviera tanto tiempo, allí parado, vigilando una casa. Cualquiera podía acabar llamando a la policía y eso era lo último que le convenía.

De repente, vio venir a alguien de frente. Era un hombre mayor, con el gesto de buscar las llaves en uno de los bolsillos de su abrigo y que se paró justo ante la casa de la viuda.

Alex ajustó la vista pensando que sus ojos le engañaban. Conocía a ese hombre. Se trataba de Enrique Blasco, el periodista de El Caso.

Razonó rápido, y llegó a la conclusión de que vivía allí. En aquel momento comprendió que había cierto tono protector cuando, en el Zúrich, le hablaba de aquella mujer. Tenía que aprovechar la ocasión. Esa era la manera de acceder a ella.

Sin más, iba a salir del coche cuando sintió un claxon por detrás. Alguien quería entrar en su parking pero él se había parado justo en su entrada.

Se disculpó alzando la mano y desplazó el coche un poco hacia delante. Paró el motor y salió.

Enrique Blasco, que había visto lo sucedido, se quedó plantado ante la puerta observando. Las prisas para abrir le entraron cuando vio que el que se le acercaba era aquel supuesto escritor que le citó días atrás.

—¡Qué alegría me da verle, señor Blasco! —dijo Alex al llegar junto al asombrado periodista que ya cerraba la puerta mientras ponía el pie para que no lo lograra—. He de hablar con señora Puig y quien mejor que usted para conseguir que me atienda —improvisó.

—Usted no debería estar aquí.

—Mire. Le diré la verdad. No estoy escribiendo ningún libro, pero sí que tengo información. Quizá más información de este asunto de la que tuvo usted en su momento. Se va a saber toda la verdad. Todos sabrán que el marido de la señora Puig fue el asesino de Alfredo Rivero y creo que es mejor que ella no se entere por la prensa.

—La verdad es que usted me tiene intrigado desde el primer momento en que le vi. Por supuesto que no me creí su historia y tengo curiosidad por saber qué relación tiene con todo esto. Entre —le invitó dejándole pasar y cerrando tras él la puerta con llave—. Ya le adelanto que Teresa y yo nos casamos hace seis años. Cuando enviudó la vine a ver a menudo y, ya ve, al final me quedé. Por cierto, ¿se encuentra bien? Hace muy mala cara y tiene un color algo extraño.

—Sí, no se preocupe. Es que, con todo este tema, estos días duermo mal —inventó, intentando que no le diera más importancia a su aspecto físico.

Una vez dentro le guio para entrar en la casa y le llevó directamente al salón donde le pidió que esperara. Era una estancia que a Alex le pareció tan grande como todo su piso. El mobiliario no era nuevo pero le daba un aspecto muy acogedor: un gran sofá y varios sillones a juego de color crema, ante ellos varias mesitas, esculturas étnicas que debían proceder de algún viaje, cuadros que recordaban poblaciones de la costa... Además, desde un gran ventanal se podían disfrutar de unas vistas impresionantes de la ciudad que tenía a sus pies. Tuvo tiempo de observarlas por bastante rato pues Enrique Blasco tardó más de veinte minutos en regresar con la señora Puig. De hecho, aparecieron cuando ya creía que se había olvidado de él y estaba a punto de intentar buscarlos por la casa.

Ella parecía ir a la fuerza y daba la impresión de haber estado llorando hasta hacia poco. Los ojos los tenía arrugados y empequeñecidos, tal y como suelen quedar al ser secados, no con un pañuelo o con agua, sino frotados con las manos con el fin de apartar las lágrimas. Cuando llegó se limitó a sentarse en uno de los sillones, sin mirar a Alex en ningún momento ni dirigirle la palabra. Era una mujer alta y algo corpulenta, aunque se movía con soltura, de pelo castaño algo corto y hueco, tal y como les queda a las mujeres que usan mucha laca para darle volumen al cabello. En aquellos momentos daba la impresión de que no se veía capaz de mantener una conversación. Fue el ex periodista el que tomó la palabra, tras invitar a Alex a sentarse en otro de los sillones del salón tal y como también hizo él:

—Le he explicado todo lo que usted me ha dicho al entrar. Ahora queremos saber exactamente cómo piensa hacer para que se haga público todo lo sucedido. Crea además que, por deformación profesional, tengo especial interés en esta historia, aunque ya le he prometido a Teresa que no volveré a escribir sobre ella.

Alex les contó todo con detalle. Tanto lo relativo al documento, que mencionaba el dinero pagado al fiscal por su gestión, como lo referente a la llave que le llevó al informe forense original. Les explicó cómo había contactado con todos los implicados en aquel asunto y cómo habían reaccionado el hijo del fiscal y el forense. Concluyó con que la hija de Ignacio Santamaría se había decidido a limpiar el nombre de su padre y quería citarse con él para ver cómo hacerlo público.

Mientras Alex hablaba la viuda de Félix Solano pareció recuperar la compostura. Dejó de estar encogida, como encerrada en sí misma, y comenzó a enderezarse en su asiento logrando una apariencia de seguridad que no tenía unos minutos antes.

—Por fin se hará justicia con él. Colaboraré con ustedes. Como puede imaginar —confesó a Alex—, mentí al decir que estaba con Félix cuando Alfredo fue asesinado. Lo hice porque mi marido me obligó. Yo me negué, pero después de darme una de sus palizas, de esas que él sabía hacer sin dejar marcas visibles, no me quedó más remedio. No se preocupe. Cuente conmigo. Me alegraré de que, aunque él ya no pueda acabar en la cárcel, lo haga simbólicamente su nombre.

La rotundidad de los deseos de la señora Puig dejó a Alex sin palabras. Después de unos largos segundos de silencio solo alcanzó a balbucear un gracias que nadie oyó.

Al que sí se escuchó fue a Enrique Blasco:

—Sabía que tenía razón, pero nunca supe cómo desenredar el ovillo que llevaba a Félix Solano. ¡Un fiscal y un forense corruptos! Me encanta. De haberme pillado quince años antes hubiera redactado el artículo del siglo. Pero no te preocupes —dijo mirando a su mujer—, ahora no lo haré. Seguro que este joven sabrá cómo poner a Félix en el lugar que le corresponde.

—Si no les importa me voy ya. Ahora he de pensar en dónde quedar con la hija de Ignacio Santamaría.

—Ya le acompaño yo a la puerta y le abro —se ofreció el ex periodista mirando a su mujer—. Si necesita algo por nuestra parte no dude en contactar con nosotros. Ya sabe cómo localizarme.

Una vez dentro del coche Alex pensó satisfecho que, por fin, podría cerrar con éxito el asunto que, por casualidad, había caído en sus manos. Y que, además, con ello pondría en su sitio a muchas personas que por su condición se creyeron con poder para hacer y deshacer a su gusto.

Con una sonrisa de oreja a oreja arrancó el vehículo y se dispuso a bajar de nuevo a Barcelona. Había empezado a lloviznar y la carretera comenzaba a estar mojada. No le gustaba conducir con ese tiempo, pero no tenía prisa. Como por aquella carretera casi nunca había tráfico tomaría las curvas poco a poco y disfrutaría del paisaje.

CAPÍTULO 18

Ya en marcha, mientras salía de Vallvidrera, comenzó a pensar dónde quedar con Beatriz Santamaría. Ahora que lo conocía podía proponerle verse en el Zúrich. Era un lugar concurrido, tal y como ella había pedido y, si conseguía la mesa en la que estuvo con el periodista, podrían hablar tranquilos. La cuestión era qué le podía proponer para que saliera a la luz todo el entramado montado entre el fiscal y el forense y que quedara probada la inocencia de su padre.

Por fin había llegado de nuevo a la carretera de Collserola. Tenía que decidir si volver por donde había venido o seguir la carretera para entrar en Barcelona por Sarriá. Para cambiar, se decidió por la segunda opción.

Iba despacito, siguiendo el ritmo del limpiaparabrisas y saboreando el trayecto como si estuviera de vacaciones en algún lugar de montaña.

Pero de repente, cuando tomó una de las curvas, comenzó a notar en el coche algo extraño. No podía reducir la velocidad cambiando de marcha pues fallaba el embrague y el freno no respondía. Algo pasaba. Vio alarmado cómo la velocidad iba aumentando. Se iba a estrellar. Aún estaba a cierta altura y faltaba para llegar a la ciudad. No conocía la carretera y esperaba que no hubiera ninguna curva demasiado cerrada ni que se encontrara con algún otro coche por delante. Sentía que su corazón latía cada vez más fuerte y comenzó a sudar mientras agarraba con fuerza el volante. Afortunadamente le pareció ver un letrero indicando "Zona de frenada". Era su única oportunidad de salvar la vida.

Se le hicieron eternos los metros que faltaban hasta llegar a ella y, en cuanto la vio, giró el volante para entrar sin saber si serviría de algo.

El caso es que apenas tuvo tiempo de sentir, bajo las ruedas, el cambio en el firme. Lo único que pudo ver fue una pared de roca que, aunque no representaba un riesgo real pues debería haber frenado antes, le asustó tanto que dio un volantazo, lo que desestabilizó el vehículo. Tanto fue así que acabó girando sobre sí mismo impactando con fuerza el lateral derecho del coche contra la piedra de la ladera de la montaña.

Alex perdió el conocimiento y no se dio cuenta de que un autobús urbano, que cubría esa zona, vio su coche accidentado y llamó a la ambulancia y a la policía. En pocos minutos ya estaban asistiéndole y fue al subirlo a la camilla cuando recuperó la conciencia.

—No se preocupe. Parece que no tiene nada roto y no tiene más heridas que algún que otro moratón en el cuerpo —le comentó uno de los médicos que le atendían.

A Alex le dolía la cabeza y muchos de sus huesos pero, por un momento, le dio la impresión de que se estaba acostumbrando. Había creído oír que tenía moratones. Algunos podían ser de la paliza que le propinaron los sicarios del forense, pero prefirió no decir nada.

—Perdone pero, ya que está consciente, necesitamos que nos dé sus datos y nos explique brevemente qué ha sucedido —comenzó a interrogarle uno de los agentes antes de que se lo llevara la ambulancia—. Por el coche no se preocupe. Nosotros mismos contactaremos con su seguro y el perito emitirá el informe.

Alex comentó que se lo habían dejado y que, mientras bajaba de regreso a la ciudad, se dio cuenta de que los frenos no respondían. Como no sabía qué hacer al ver la zona de frenada no se lo pensó dos veces y entró en ella. Cruzó los dedos mentalmente para que no le preguntaran de dónde venía.

—Muchas gracias por su colaboración. Nada más por ahora. Pueden llevárselo —dijo el policía haciendo una señal al personal sanitario—. Por cierto, ¿quiere que llamemos a alguien para que sepa adónde se lo llevan?

—No se preocupe. Aquí tengo mi móvil —contestó Alex sacándolo de un bolsillo de su cazadora—. Yo mismo llamaré a un amigo.

Ya en el hospital lo pusieron en una camilla, le quitaron la ropa, le pusieron una de esas horribles batas azules de enfermo. No tardaron en hacerle todo tipo de pruebas. Se confirmó que sus huesos estaban enteros, aunque a él le dolía todo, sobre todo la cabeza y las costillas. Ello hacia que respirar fuera una tortura. Lo dejaron en un box en observación. Con mucho esfuerzo alzó brazos y piernas para intentar ver algunas de sus nuevas heridas. Vio como destacaban nuevos moratones que ahora camuflaban a los antiguos, justo cuando aquellos ya habían empezado a desaparecer. Fue entonces cuando tomó su móvil y llamó a Hugo.

Dos horas más tarde dejaron entrar a su amigo en el box. Cuando lo vio su cara mostraba gran preocupación.

—Han intentado matarte. Me acaban de llamar del seguro y me han explicado que han manipulado el sistema de frenado. La intención solo podía ser la de provocar un accidente. El de la grúa lo tenía claro en cuanto lo vio y el mecánico lo ha confirmado. Me dicen que has de presentar una denuncia hoy mismo.

Alex intentó decir algo pero no encontró fuerzas para hablar.

Pasó una hora y le dieron el alta. Podía marcharse, aunque el dolor de cabeza y de costillas se irían con él.

Hugo decidió llevárselo a su propia casa y arregló en pocos minutos una habitación para que descansara.

—Voy a llamar a Carlota. Tiene que saber lo que te ha pasado —dijo con el móvil en la mano.

—No Hugo, no —logró decir mientras se estiraba en la cama—. No la vas a encontrar. Alguien la ha secuestrado.

—¿Perdón? ¿Qué me estás diciendo?

—Resulta que ayer recibí una nota bajo la puerta, escrita por ella, en la que dice que alguien la tiene retenida. Pero no te preocupes, está bien.

—¿Pero dirá algo más? ¿Qué hay que hacer para que la suelten?

—Abandonar.

—Te dice que has de acabar con toda esta locura y tú vas a visitar a otra de las personas implicadas en esto. ¿Y si ha sido alguien de su entorno quien la tiene? El que ha querido matarte ahora, por ejemplo.

Alex no tenía fuerzas para justificar lo que había hecho. Se giró en la cama, dándole la espalda a su amigo, y se quedó medio adormilado gracias a la combinación de fármacos que le habían pinchado en urgencias. Hugo le dejó descansar algo más de una hora hasta que lo despertó para que se tomara un plato de sopa caliente y una hamburguesa.

—Siento todas las molestias que te estoy ocasionando —alcanzó a decir incorporándose en la cama para cenar—. Mañana estaré recuperado y podré explicarte lo que había decidido justo antes del accidente.

—Sí, ahora mejor déjalo —le recriminó su amigo—. Descansa y no hagas esfuerzos. Dicen que no tienes nada roto, pero el golpe ha sido importante. Échate otra vez y duermo de nuevo. Mañana me has de enseñar la nota que has recibido y rescataremos a Carlota.

—No sé si me equivocó, pero me da la impresión de que no es la misma persona la que me ha hecho esto —dijo Alex señalando su cuerpo magullado— y quien tiene a Carlota. El que ha provocado el accidente no está de acuerdo con que salga a la luz la verdad. Alguien que no quiere que Félix Solano aparezca como culpable, aunque a su viuda no le importe lo más mínimo. Alguien de esa familia a quien le favorece que no se sepa lo que pasó. Quien tiene a Carlota creo que puede ser cualquier otro de los implicados en esto.

—Y con todo este panorama, ¿qué pretendes hacer? ¿No has tenido suficiente? ¿Por qué no te llevo ahora mismo a la policía y lo denuncias todo, lo de Carlota y lo de tu intento de asesinato? —dijo Hugo bastante alterado por el cariz que había tomado el asunto.

—No, ahora no. Déjame pensar. Mañana hablamos —concluyó Alex mientras cogía su móvil y ponía el *No molestar*.

CAPÍTULO 19

Alex se quedó en casa de Hugo para recuperarse y tardó en levantarse de la cama. Pero no por ello sus problemas desaparecieron.

Su amigo fue al piso de la Avenida Gaudí para llevarle algo de ropa y su portátil. También recogió la nota que había recibido de Carlota días atrás.

Una vez de vuelta, y con Alex duchado y arreglado, se acomodaron en el salón. Hugo vivía en el ático de uno de los exclusivos chaflanes de Diagonal con Passeig Sant Joan, concretamente en el de orientación Besos-mar. Contaba con tres dormitorios, un salón comedor, una amplia cocina y dos baños completos. En cuanto al mobiliario y la decoración destacaba por ser minimalista, lo que no era sinónimo de barata. El sofá, los sillones o la mesa del comedor debían haberle costado el equivalente a tres meses del sueldo de Alex. Además, tenía una fantástica terraza desde la que se divisaba el sky line del frente marítimo de la ciudad: las torres de la Vila Olímpica, el hotel Vela, las torres del funicular, la Catedral, Santa María del Mar…

Ya de regreso, lo primero que hicieron fue leer y releer la nota de Carlota con la intención de hallar alguna pista en ella que les indicara quién la tenía.

—¿Miraste bien? ¿No había ningún mensaje nuevo bajo la puerta? —preguntó Alex.

—No, no había nada más. Miré también en el buzón, pero solo había publicidad.

—Aquí dice que ellos contactarán conmigo pero no pienso esperar demasiado. Mañana me pasaré por el piso y si no hay noticias de ellos pensaré en algo. No puedo dejar que Carlota esté en manos de no se sabe quién que pueda estar haciéndole daño.

—Por que lo de la policía está descartado, ¿verdad? —le dijo Hugo con aire de resignación—. Mira, no es ni la una pero vamos a comer algo. Después tengo cosas que hacer.

En cuanto terminaron, Hugo salió para atender a unos clientes y Alex le quitó el sonido a su móvil. Necesitaba estirarse un rato en la cama para recolocar sus huesos todavía doloridos.

Acabó dormido y se despertó al oír a su amigo regresar un par de horas más tarde. Todavía acostado, de forma automática, cogió su móvil para subirle el volumen. Fue entonces cuando vio que tenía un mensaje de voz en el WhatsApp enviado con el móvil de Carlota. Pero no hablaba ella, sino un hombre con la voz distorsionada: *"Parece no recordar que su mujer le pidió que abandonara el caso. De momento ella está bien, pero si usted sigue empeñado en seguir con esta historia, o contacta con la policía, nadie le asegura que vuelva a verla. Quiero pruebas de su colaboración. Cuando esté dispuesto a ello deje aquí un mensaje de voz."*

Hugo, que había ido directo a su habitación para ver cómo se encontraba su amigo, también lo escuchó. Su reacción fue inmediata:

—Llámales ahora mismo y pregúntales qué quieren para soltar a Carlota.

—No —respondió despacio Alex mientras se levantaba poco a poco de la cama. Seguía muy mareado, por lo que intentaba aguantar el equilibrio, apoyándose en muebles y paredes, camino del salón—. Estoy prácticamente seguro de que Carlota está bien. No creo que se atrevan a hacerle daño. Lo que hemos de hacer es ir cerrando el círculo. Debería verme con Beatriz lo antes posible y explicárselo todo con detalle. Ella es parte interesada y puede tener alguna idea al respecto. Necesitamos que alguien nuevo nos dé una opinión sobre cómo proceder —concluyó mientras se sentaba con dificultad en el sofá.

Por un momento, Hugo creyó que su amigo había resultado más malparado del accidente de lo que decían los médicos.

—¡Es increíble! —dijo con gesto de derrota—. Si lo llegó a saber nunca te hubiera ayudado buscando información sobre todo este embrollo y hubiera ido directamente a los Mossos. Voy a hacer una cosa por Carlota, solo por ella. Iré a ver a su hermana para preguntarle si se comportó de alguna manera extraña, o si recuerda que mencionara algo que nos sirva de pista. El caso es que ella salió con lo puesto, por su propia voluntad, y que después fue secuestrada. Y tú, por favor, recapacita.

Alex asintió con la cabeza y, poniéndose lo más cómodo que pudo en el sofá, pensó en Beatriz. Justo delante tenía un gran ventanal. Pasó un buen rato con la mirada fija en el cielo azul teñido por algunas nubes blancas. Se sentía muy mareado pero tenía que decidir qué debía proponerle cuando la viera. Cerró los ojos y, poco a poco, cuando su cabeza dejó de rodar, fue elaborando un plan.

Tomó el móvil y la llamó. Beatriz no tardó en contestar y quedaron para el día siguiente a primera hora en el Zurich. Él intentaría llegar antes para poder hacerse con la mesa del rincón. La misma en la que había conocido a Enrique Blasco.

Volvió a la cama y el resto de la tarde la pasó somnoliento tras tomar las pastillas recetadas tras el supuesto accidente. Apenas se dio cuenta del regreso Hugo y, menos aún, pudo seguir el relato de la visita a su cuñada. Sólo llegó a comprender que, como no podía ser de otra manera, su amigo tuvo que explicarle que Carlota estaba retenida por alguien. Le preguntó si había detectado algo extraño antes de que se fuera, pero le dijo que no. Y que no tenía ni idea de cuáles habían sido sus intenciones. Se quedó realmente preocupada y Hugo tuvo que insistir para que no llamara a la policía.

Al día siguiente, Alex ya se encontraba mejor pues apenas le dolía la cabeza, no se mareaba al caminar y podía respirar con menos dificultad. Menos mal, pensó, porque tenía que llegar al fondo de todo aquel asunto y solucionar el tema cuanto antes.

Solo así, estaba seguro, soltarían a Carlota quien fuera que la tenía retenida.

Así pues se arregló para acudir a su nueva cita en el Zurich.

La hija del malogrado directivo llegó a la hora convenida y su aspecto era mucho más desenfadado que el día que la conoció: vestía unos tejanos negros, unas botas planas, un grueso chaquetón anaranjado, un pequeño bolso en bandolera, el pelo recogido en una coleta y apenas iba maquillada. Al verla así le pareció alguien más cercano y se tranquilizó. Ante apenas un par de cafés Alex se lo explicó todo con detalle; el hallazgo casual de la nota y la llave; cómo encontró el informe forense; le habló de sus visitas a las personas implicadas; de las agresiones que había sufrido... Se lo explicó todo. Menos lo del secuestro de Carlota. No sabía bien por qué, pero no lo hizo.

Beatriz Santamaría digirió toda la información con gran entereza. No todos hubieran podido soportar, de igual manera, la forma en que alguien, por dinero, había acabado con la vida de su padre y, después, de manera indirecta, con la de su madre.

A continuación le explicó su plan que, en esencia, le pareció bien. Era la primera persona a quien se lo contaba. Por suerte para él, aquella mujer a la que apenas conocía acabó tan implicada que llegó a proponer detalles para que todo saliera conforme a sus propósitos ahora compartidos.

—De acuerdo. Resumiendo —dijo Alex—: contactaré con Vicente Bermejo, y estoy seguro de que Roberto Estévez me llamará en breve, tal y como me dijo. Quedaré con ellos en algún lugar, ya pensaré dónde, el domingo por la noche. A ninguno le diré que también he quedado con el otro. Les diré que les devolveré lo que con tanto ahínco buscan y que les incrimina en el asesinato de Alfredo Rivero. Una vez allí, los agentes de policía que habrás traído, ¿seguro que colaborarán? —preguntó, tuteando ya a Beatriz, a lo que ella asintió con la cabeza—, les detendrán justo cuando ambos se descubran al hacerse con lo que tanto desean. Bueno, intentaré presentarme con unas copias. Espero que me queden convincentes.

—No volveré a Alicante hasta que esto termine —le informó Beatriz—. Ya tienes mi teléfono. Llámame. En cuanto salga de aquí contactaré con un antiguo amigo mío, que ahora es un alto cargo en los Mossos, para ponerle en antecedentes. Solo necesitaré que me digas dónde y a qué hora exacta.

Cuando dieron por terminada la conversación ella fue la primera en salir tras insistir en pagar la consumición. Alex se quedó un rato más en aquella mesa que ya formaba parte de aquella historia como un escenario de lo más interesante.

Salió de la cafetería, pasadas las once, y decidió dar una vuelta por la ciudad. Se dedicaría a pensar dónde quedar con aquellos dos personajes que en tremendo lio les habían metido, tanto a él como a los suyos, de una manera tan peligrosa.

Caminó y caminó. Observó y pensó. Pasó por posibles lugares en los que plantear la cita. Se sentó en bancos mirando al norte, al sur, al este y al oeste. Y al final creyó tenerlo claro.

Mientras deambulaba sentía una extraña sensación de estar siendo observado. Era cierto que las calles estaban atiborradas de gente que iba y venía del trabajo, de turistas o de ciudadanos que iban de compras, pero el sentimiento era que alguien lo estaba vigilando. De vez en cuando se daba la vuelta, de repente, con la intención de descubrir a su perseguidor pero no dio con nadie.

Fue, pasado un buen rato, cuando se giró sobresaltado por una discusión que tenía lugar tras él. Tras las personas que peleaban, le pareció ver a un hombre que lo observaba pero que desvió la mirada al verse descubierto. Lo cierto es que se quedó más tranquilo cuando, terminada la bronca, vio que aquel individuo entraba en una tienda. Se trataba de alguien muy llamativo, por su espeso pelo extremadamente claro, casi albino, y una piel muy blanca. Alex prosiguió su camino mientras se sentía culpable por no haberse sabido controlar. Desde el principio, sus ojos se habían dirigido a él, al diferente, al que destacaba por su aspecto físico. No era capaz de decir quién había comenzado a mirar a quién. Bien podría ser que hubiera sido él mismo, quien había clavado la vista en aquel hombre tan curioso. Y el otro no hubiera hecho más que responder, observándolo también fijamente. Pensó que debería estar cansado de llamar la atención. Pero claro, aquí en Barcelona, no era habitual ver a alguien con ese aspecto.

Confiado siguió su marcha, pero mientras esperaba en un semáforo giró un poco sobre sí mismo y creyó estar paranoico. Le pareció ver como una mujer, que caminaba a pocos metros por detrás de él, se paraba de repente al ser vista y, de una manera extraña, parecía buscar algo en su bolso. Alex creyó reconocerla aunque, en aquellos momentos, no recordaba de qué. Era un buen fisonomista y le extrañó no saber quién podía ser, pero decidió no darle más importancia. Si no acabaría volviéndose loco, pensó en cuanto el semáforo se puso en verde para los peatones.

Se estaba haciendo tarde y decidió regresar al ático. Todavía se quedaría unos días más en casa de Hugo. Aun debía pensar sobre algunos detalles y ponerse en contacto con todos los invitados a la fiesta de entrega de diplomas. Alex se rio de su propia ocurrencia. Esperaba que todo saliera bien. Se hacía el fuerte pero no las tenía todas consigo.

¿Cómo había llegado tan lejos?

¿Cómo había sucedido para que un simple hallazgo casual, en un trabajo que aparentaba ser de lo más aburrido, hubiera acabado con un encuentro que podía costarle la vida a él y a los que más quería?

Cuando entró por la puerta Hugo ya había regresado y era la hora de comer. En cuanto se sentaron a la mesa su amigo le exigió que le diera cuenta de la conversación con Beatriz Santamaría. Ya en los postres le preguntó qué había pensado en relación al dónde y cuándo. Alex no pudo atrasar más el momento para explicarle alguna de las alternativas que se le había ocurrido.

—¿Tú crees que aceptaran? —le rebatió al conocer los detalles de su plan—. Yo creo que te dirán que algunos son lugares demasiado concurridos. Nunca sería un encuentro privado para un intercambio de documentos comprometedores.

—Por eso mismo a mí me parecen sitios perfectos

La sobremesa se convirtió en una reunión de trabajo. Sentados alrededor de una mesa fueron dando orden a una lista de escenarios en los que poder quedar. Tardaron más de tres horas. Ya era casi la hora de cenar cuando tuvieron diez posibles emplazamientos, repartidos a lo largo y ancho de la ciudad.

El día siguiente era sábado y llamaría, lo antes posible, a Vicente Bermejo pues era el que tenía que venir de más lejos. Quedar con Roberto Estévez ya no dependía de él. Ese día se cumplían los diez días de margen que le dio, y no tenía ninguna duda de que le llamaría. Quedar con Beatriz no representaba ningún problema. Sólo tenía que avisarla para que le comunicara los detalles finales de la cita a su conocido en los Mossos.

Si todo salía bien este fin de semana se acabaría todo. Por fin.

Más relajados, y como no tenían ganas de cocinar, se pidieron un Glovo y, mientras llegaba, encendieron la tele para ver alguna serie que les pudiera relajar por un rato. Era la hora de las noticias por lo que, lo primero que apareció nada más encenderla, les dejó helados:

"Hace un par de horas ha sido descubierto sin vida el cuerpo de una mujer flotando en el puerto del Forum de Barcelona. Hasta el momento se desconoce su identidad. Se le calcula entre treinta y cinco y cuarenta años. El cuerpo presenta, a simple vista, varias lesiones. Lleva una coleta y viste pantalones negros, botas y un chaquetón de color naranja. Se agradece la colaboración ciudadana para poder resolver las circunstancias del suceso."

Por la reacción de su amigo Hugo entendió que se trataba de Beatriz.

CAPÍTULO 20

Alex se levantó el primero. Apenas pudo dormir. Durante gran parte de la noche estuvo soñando con una mujer que, boca abajo, flotaba en las aguas de una concurrida playa con una llamativa cazadora naranja. Esposado, la policía le acercaba al cuerpo que, aún en el agua, comenzaba a ser arrastrado a la orilla. Cuando ya estaba a sus pies alguien le daba la vuelta. Aunque el cadáver ya estaba hinchado era fácil reconocer que se trataba de Beatriz. Pero él era incapaz de hablar. La mujer, de repente, entreabrió los ojos y musitó algo. La policía le empujó hacía ella para saber qué decía. Sus palabras fueron: que no escapen.

Necesitaba despejarse por lo que primero pasó por el baño y se echó agua fría en la cara. Tenía que asegurarse de que aquello había sido una pesadilla. Basado en un cruel hecho real, pero tan solo un mal sueño.

Después, ya en la cocina, se dispuso a preparar el desayuno para los dos. Estaba nervioso pero sentía sobre sus hombros la necesidad de resolver el asunto cuanto antes. Además, tenía que recuperar a Carlota de quién fuera que la tenía secuestrada. Y, aunque costará de explicar, quería volver a su, ahora, ansiada rutina. Creía que nunca lo pensaría, pero quería volver a la librería, ver al señor Eladio y arreglar y reparar todos aquellos libros que llegaban para darles una nueva vida.

Cuando Hugo se levantó fue directo a la cocina atraído por el olor a zumo de naranja recién exprimido. Como en casa de su amigo había de todo, Alex colocó en una bandeja un gran surtido de bollería y tostadas con embutido. El café con leche lo preparó justo antes de sentarse ambos en la mesa.

El desayuno tuvo lugar como si no sucediera nada. Como si dos colegas estuvieran pasando unos días de vacaciones en algún otro país y se dispusieran a realizar alguna visita al concurrido lugar turístico de turno.

Nada hacía pensar lo que les esperaba en las próximas horas. Porque lo que sucediera, de alguna manera, les incumbía a ellos y a Carlota.

Comieron, hablaron, rieron y acabaron con un desayuno que parecía, al menos, para cuatro o cinco personas.

Pero todo era fachada. Una persona estaba retenida y su integridad estaba en el fondo de los pensamientos de ambos. Y, además, una inocente acababa de ser asesinada.

No sabían si la policía habría descubierto algo sobre Beatriz. Alex se acostó creyendo que le llamarían en cualquier momento para preguntarle por ella o, lo que era peor, para detenerle como culpable de lo que parecía claramente un crimen.

Cuando hubieron recogido, Alex creyó llegado el momento de hacer la primera llamada, la de Vicente Bermejo. Fueron al salón, se sentaron en los sillones, marcó y puso el altavoz.

La conversación fue difícil:

—Ya veo que usted aún no sabe con quién está tratando —fue su reacción, prevista por otra parte—. Por supuesto que no nos

178

veremos en la Estación de Francia. Ni a las diez ni a las once de la noche. Está lleno de cámaras y de gente. Además, como en todas las estaciones importantes, la policía tiene allí una comisaria.

Alex probó suerte con tres lugares más, sin éxito, hasta que le propuso uno que no le pareció mal.

—De acuerdo. Plaça Rovira pero a las una de la noche del domingo al lunes. En el banco con el hombre de bronce —resumió colgando sin más.

Alex reaccionó levantándose de manera brusca de su asiento, obligando a que Hugo hiciera lo mismo para abrazarlo, mostrando una euforia más nerviosa que real.

Aquel hubiera sido el momento de llamar a Beatriz, pero ya no era posible. Desconocían si antes de su asesinato ya habría hablado con su contacto, el alto cargo de los Mossos.

Pero era mejor no levantar la liebre con la policía. Al menos de momento.

El hijo del fiscal llamó tres horas más tarde y, aunque mostró cierto rechazo inicial, al final no tuvo más remedio que aceptar:

—En fin. Quiero acabar con esto cuanto antes. De acuerdo, mañana a la una de la noche en la Plaça Rovira, en Gracia. En el banco con el hombre de bronce. Pero recuerde. No juegue conmigo porque se arrepentiría.

Cuando ya estaba todo organizado, y ya sin vuelta atrás, decidieron salir. El lugar elegido no pudo ser otro que la Plaça

Rovira. La conocían bien pues de jóvenes habían pasado muchas noches por las calles de Gracia, de bareto en bareto, y en sus fiestas, de concierto en concierto. Pero no querían sorpresas y que algo les hiciera perder la seguridad que les daba el barrio.

El banco con el hombre de bronce, en homenaje a la persona que presentó una propuesta para el ensanche de Barcelona y que lucía grabada a sus pies, estaba allí, sin saber lo que le esperaba en unas horas. Una pareja le acompañaba, sentada a su lado, y una decena de niños correteaban ante él, como no podía ser de otra manera en una tarde de sábado.

Algo más confiados, fueron a cenar a un libanés y despúes entraron en el cine Verdi para desconectar por un rato. Como no les interesaba ninguna película en particular acabaron viendo una polaca que acaba de comenzar y en la que todavía quedaban butacas por vender.

Cuando terminó ya eran cerca de las dos de la madrugada y decidieron regresar. Debían descansar. Alex cayó rendido en su cama. Esta vez durmió como hacía mucho no lo hacía.

El domingo también se levantó temprano. De nuevo, preparó el desayuno, aunque él solo tomó un café con leche. En cuanto terminó se arregló con la intención de salir.

—Me voy un rato. ¿Me podrías dejar un coche? —pidió a su amigo, ya en la puerta y con la cazadora puesta—. Me apetece ver el mar. Creo que me ayudará a pensar.

—¿Quieres que te acompañe? No te gusta conducir y no sé si estás en condiciones de coger el volante.

—No te preocupes. No pienso ir lejos. Solo alejarme lo suficiente de estas calles en las que no me fio de nadie.

Hugo no pudo más que ceder y le dio las llaves de su propio coche. Antes de hacerlo le pidió, por enésima vez, que le fuera llamando para decirle dónde estaba.

El coche estaba cerca, en un parking del Passeig Sant Joan, y de camino hizo una llamada:

—Enrique Blasco, ¿se acuerda de mí?

—Buenos días joven. Me ofende usted. Ni soy tan mayor ni tengo alzhéimer —le contestó riendo—. ¿Necesita algo? ¿Quiere hablar con Teresa?

—No. El tema es... Necesito un favor. En toda esta historia hay alguien al que no conozco aun. Se trata del sobrino de su mujer, de Lucas Morán.

—Creo que no es conveniente que hable con él. No es una persona fácil de tratar. Teresa ha de aceptar que tenga un espacio para él en su casa. El piso de abajo lo ha convertido desde hace un tiempo en su apartamento y lo tiene cerrado a cal y canto. Cuando viene, afortunadamente, apenas le vemos pero, si alguna vez coincidimos con él, siempre crea mal ambiente. De hecho, me da la impresión de que usted no lo sabe, la persona que se molestó con su coche cuando vino a visitarnos era él.

Alex se quedó sin habla por un momento. Claro, fue él. Lucas Morán debió ser la persona que manipuló su vehículo para que se estrellara.

—Por cierto, dígame algo sobre su sobrino. ¿Está casado, tiene hijos…?

—Está divorciado. Su mujer, que era encantadora, descubrió que le engañaba con otra y no quiso seguir más con él después de siete años de matrimonio y dos hijos.

—Por favor Enrique, dígame dónde vive. Me acercaré a su casa y quizás, solo quizás, hable con él.

El periodista se resistió pero, al final, acabó cediendo y le dio las señas explicándole cómo llegar.

Mientras hablaban, Alex había llegado al coche de su amigo, se había puesto el cinturón y lo ponía en marcha.

—Por cierto, ¿ha visto la noticia sobre el cuerpo aparecido en el Forum? Estoy seguro de que es Beatriz Santamaría. Si fuera joven ya estaría tras la pista de su muerte. Esto se está poniendo cada vez más feo. Tenga mucho cuidado y avíseme si necesita ayuda —dijo Enrique Blasco antes de colgar.

Ya con la información que necesitaba salió del parking. No disponía de mucho tiempo.

Llegó en unos cuarenta minutos a aquella zona de exclusivas torres llamada Ciudad Diagonal. Era el lugar donde vivía el hombre que, con toda seguridad, había pretendido acabar con su vida. Pero le costó orientarse pues nunca antes había estado en aquella urbanización de Esplugues, al lado mismo de Barcelona, también en la falda de la sierra de Collserola. Como sus calles se adaptaban a la aleatoria orografía del terreno ni con las indicaciones del móvil evitó perderse varias veces.

Cuando dio por fin con la casa, prácticamente en lo más alto, decidió pasar de largo para no aparcar tan cerca. En aquella zona nadie dejaba su coche en la calle y hubiera sido descubierto rápidamente.

Su corazón latía con fuerza y tuvo que respirar profundamente para tranquilizarse. Pero no tenía tiempo que perder. Se quitó la cazadora, la tiró al asiento de atrás, y salió camino de la casa de Lucas Morán.

En pocos minutos ya estaba de nuevo a pocos metros de ella y, de la manera lo más disimulada posible, analizó el entorno. No estaba seguro de querer hablar con aquel hombre pero sentía la necesidad de verle la cara, de saber quién le había manipulado su vehículo para matarle. La verdad es que eso no decía nada en su favor.

Delante de la torre había una parcela con un gran rótulo, ya descolorido, que ponía: "En venta". Parecía que, por lo que había visto mientras llegaba, era la única que quedaba por edificar en toda aquella zona. Por lo visto, nunca se había llegado a construir en ella: a parte del cartel le rodeaba una reja, más rota que entera, y dentro reinaba todavía la naturaleza. Era como un pequeño reducto de Collserola que se resistía a desaparecer pues, justo en medio, aun había un pequeño montículo lleno de matorrales, pinos y robustas encinas.

Alex no se lo pensó dos veces y buscó por donde colarse. Quería subir a lo más alto y, desde allí, dar un vistazo a la casa de Lucas. No parecía difícil.

Una vez allí, oculto tras la vegetación, pudo observar con claridad su jardín con una pequeña piscina, una mesa y varias sillas a juego, un par de tumbonas y la torre de tres plantas en el centro.

También vio otra cosa, aunque al principio dudó. Creyó que sus ojos le estaban engañando y que confundía a una persona con otra. Hizo memoria y consideró si podía tratarse de Sara Rivero.

Cerró los ojos y al abrirlos de nuevo pudo confirmarlo: sí, era ella. Estaba en la planta baja, en el salón, cuyo interior se podía ver por completo pues, como no hacía frío, tenían abiertas las grandes puertas que daban al exterior. Alex no sabía mucho de decoración pero, por lo poco que vio, le recordó los muebles típicos del Ikea: un sofá en el que pronto cederían los muelles, una estantería que le recordó la del último folleto que había visto, una mesa a la que parecía que se le había desencajado una pata y varias sillas que no hacían precisamente juego con ella. No pudo evitar soltar una carcajada por un momento: ¡su comedor se parecía tanto a éste! El típico de alguien que, o no tiene recursos, o que lo que necesita es, sin más, un lugar donde ocultarse. Alex intuyó que en este caso el motivo sería este último.

Se concentró de nuevo en lo que estaba pasando en aquel salón. Según sus gestos, Sara parecía discutir con un hombre que no podía ser otro que Lucas Moran. El viento trajo algunas palabras sueltas: "...estás loca, ¿por qué lo has hecho?...". El caso es que su aspecto no le era desconocido del todo. Su cabello, prácticamente albino, le hizo recordar a aquel hombre que, hacía poco, encontró tras él comportándose de una manera algo extraña cuando fue descubierto. Lo que no había podido ver aquel día era su musculado cuerpo pues ahora lucía una camiseta de manga corta que dejaba a la vista unos bien trabajados bíceps.

Viendo esa escena, Alex concluyó que su sospecha de que lo estaban siguiendo era cierta. Tanto Lucas Morán como Sara Rivero le habían estado vigilando. Pero ¿por qué?, se preguntó.

Alex intentó atar cabos: la heredera del empresario asesinado había recolocado en su empresa a su asesino, declarado inocente, y, al morir éste, a su sobrino con quien había iniciado una relación. ¿O quizá había comenzado antes? En todo caso, dedujo, era una relación que duraba bastante pues habían tenido un hijo. Aquel muchacho que vieron con su abuela, camino del restaurante en el Passeig Bonanova, era suyo. Estaba claro que el padre biológico no podía ser aquel otro hombre que apareció aquel día en el restaurante y al que el niño llamó papá.

De repente, algo pasó en aquel salón. Sara tomó su abrigo con enfado y salió al jardín en dirección a lo que parecía el garaje. En pocos minutos, un Audi de una de las gamas más altas salió a la calle y, en seguida, desapareció de su vista.

Alex no se movió. Había llegado hasta allí para conocer a Lucas y saber todo lo posible sobre él.

Por un momento desapareció de su campo de visión e intentó ajustar la vista con la esperanza de divisar algo en alguna de las ventanas que daban a su escondite. No tardó en detectar movimiento en lo que parecía una buhardilla que entonces había tenido las persianas de sus ventanas bajadas y que ahora alguien estaba subiendo. De nuevo, lo que vio le sorprendió pero también le puso en alerta: en aquella buhardilla, que desde allí parecía desprovista de muebles, estaba Carlota.

Se encontraba de pie, discutiendo con Lucas. Se la veía de perfil, con el gesto de querer pasar por delante de él, pero éste le impedía avanzar. Entonces ella se giró y, ante una de las ventanas, hizo el gesto de intentar abrirla pero no pudo. Seguramente estaban bloqueadas para que no lograra pedir ayuda.

Por un momento, Alex creyó que sus ojos se cruzaron y que le había visto. Incluso le pareció que le había sonreído. Pero estaba claro que lo mejor era que su secuestrador no descubriera que había sido descubierto.

Confundido, pensó en llamar a Hugo para que llamara a los Mossos. Pero cuando ya cogía su móvil vio como Lucas Moran tomaba a Carlota del brazo y la sacaba fuera de su campo visual. Desaparecieron por unos largos minutos en los que Alex se esforzó buscándoles por cada una de las ventanas que daban a su escondite. Finalmente, aparecieron en la planta baja, en lo que parecía la cocina.

También tenía una gran cristalera que daba al jardín pero, desde el mirador en el que se ocultaba, no podía ver apenas nada. Optó por abandonar el montículo para subir, con dificultad, a las primeras ramas de una de las encinas que había un poco más abajo. Allí esperaba contar con una mejor visión de lo que pudiera sucederle a su mujer.

Desde su nueva atalaya la vio sentada ante lo que parecía un plato con comida, pero sin ningún gesto por su parte por tomar algo.

Ese espacio era el que ofrecía un aspecto más lujoso de toda la casa. Posiblemente porque ya venía de origen, con una isla enorme, en la que estaba Carlota sobre uno de sus taburetes de diseño, con una amplia encimera y una gran campana, una enorme nevera de dos puertas, electrodomésticos que Alex no sabía ni para que podían servir… Parecía no faltar de nada.

Pero no podía demorarse más. Tenía que sacar a su mujer de allí. No tenía ni idea cómo, pero debía entrar a por ella. No disponía de tiempo para llamar a nadie por lo que debería hacerlo él solo.

Lo primero que tenía que hacer era pensar en cómo entrar. Perros no parecía tener, cosa que agradeció. De haberlos tenido ya habrían delatado su presencia hacía rato.

Bajó del árbol, salió de la parcela en venta y comenzó a dar una vuelta alrededor de la finca. Cuando llegó a la puerta del parking por donde había salido Sara se dio cuenta de que no había quedado cerrada. Debió irse tan enfadada y con tanta prisa que no se fijó en ello.

Sin pensárselo dos veces la abrió un poco más y entró. Daba justo a la parte opuesta de la casa, la cocina y el salón estaban al otro lado del jardín.

Caminó despacio, pegado a la pared, agachándose cuando llegaba a una ventana y pasando rápido cuando lo hacía ante un gran ventanal. Tal y como había visto en infinidad de películas. De esa manera llegó justo al lado de la cocina. Su corazón latía con fuerza pero intentó serenarse respirando hondo. Lucas y Carlota estaban discutiendo:

—Toma —le dijo su secuestrador poniéndole un teléfono en la mano—. Llama a ese entrometido marido tuyo y pídele que se prepare y que me entregue, hoy mismo, todas las pruebas que tiene. Dile que más tarde le dirás cómo ha de hacerlo.

Alex no pudo verlo, pero Carlota comenzó a hacer lo que le ordenaban. La tecnología se encargó de que, al primer tono, el móvil de Alex comenzara a sonar a muy pocos metros de donde ellos se encontraban.

—¿Quién hay ahí? —chilló Lucas tomando un arma de uno de los armarios más altos de la cocina—. ¡Quieta! —gritó a Carlota, agarrándola por la cintura e inmovilizándola, cuando ella, ya de pie, intentaba salir corriendo al jardín.

—Suéltala inmediatamente —pidió Alex entrando en la cocina, con las manos en alto—. No tienes nada que hacer. La policía está viniendo hacia aquí. Les llamé antes de entrar. Es cuestión de minutos. Si le sueltas y nos dejas marchar puedes decirles cualquier cosa para que todo quede en un falso aviso.

Sentía como le sudaban las manos y se admiraba de sí mismo por cómo intentaba mostrarse creíble. Nadie vendría a socorrerles. Estaba claro que tenía que resolverlo él sólo.

—¡Qué sorpresa! Es que no te cansas nunca de hacer el ridículo. ¿Crees que alguien va a hacer caso de tu historia? Entra y ponte en ese rincón —le gritó indicando la parte de la cocina más apartada de cualquier salida—. Y tú también —ordenó a Carlota tras empujarla hacia el lugar donde ya se encontraba Alex—. Y los dos, las manos bien arriba, donde yo pueda verlas.

Las cosas iban de mal en peor. Estaban a merced de alguien que podía acabar con ellos, sin fallar esta vez. Como mucho, Hugo se preocuparía al ver que su amigo ni llamaba ni regresaba, pero no creía que preguntara a Enrique Blasco si sabía algo de él.

—Y ahora, si queréis salir vivos de esto, decidme dónde está eso que tenéis tan bien guardado —ordenó Lucas, mientras apuntaba con su arma, ahora a uno, ahora al otro de sus rehenes.

De repente, cuando estaba a tan solo un par de metros de ellos algo pasó.

Carlota, que a esas alturas de su cautiverio conocía bien la cocina, hizo un gesto rápido y cogió un pote abierto de azúcar que había a su derecha, sobre uno de los estantes, y se lo tiró a los ojos de su secuestrador.

A Alex le pilló por sorpresa pero reaccionó de inmediato y, haciéndose con la pistola de su agresor, siguió a Carlota que ya se encontraba en la puerta de la cocina que daba al jardín.

Desgraciadamente, a Lucas el problema en los ojos le duró poco. No tardó en ir tras ellos, lanzándose encima de Alex al que tiró al suelo cuando aún no había conseguido salir. Estuvieron forcejeando por unos largos segundos, uno intentando hacerse con el arma y el otro intentando no perderla. Mientras peleaban, el móvil de Alex cayó de su bolsillo con la pantalla encendida, mostrando una de las últimas consultas que había realizado. Como no pudo ser de otra manera, acabó pisoteado y rota la pantalla.

Carlota, que ya casi había llegado a la calle tuvo que volver sobre sus pasos para ir al rescate de su marido. Cuando vio lo que estaba sucediendo, buscó algo con lo que golpear a su agresor. Por suerte, justo al lado de lo que parecía una barbacoa en construcción, encontró una pala. Mientras se armaba de valor para regresar a la cocina y darle con ella en cabeza se oyeron dos disparos y, después, gemidos de dolor. El alboroto de la pelea había cesado. Carlota asustada, no podía saber quién había disparado a quién ni quién era el que se lamentaba.

Se quedó paralizada, con su única arma en la mano. Desde donde se encontraba no podía ver el interior de la cocina.

Pasaron un par de minutos, que se le hicieron eternos, hasta que vio salir a Alex con la pistola en una mano y su maltrecho móvil en la otra. Iba tambaleándose, con la intención de escapar de allí lo antes posible.

—Vamos, corre. Salgamos de aquí —dijo mientras indicando la salida que daba a la calle.

—¿Estás bien? ¿Disparaste tú?

—Sí.

—¿Lo has matado?

—La verdad es que no lo sé. Creo que sí, pero no estoy seguro —le contestó una vez fuera, parándose un momento para tomar aire y para situarse y recordar dónde había aparcado el coche.

Ya en él escondió bajo su asiento el arma y arrancó a toda prisa para regresar lo antes posible a Barcelona. Solo quería una cosa: volver a la casa de Hugo y sentirse seguro.

—¿Y tú? ¿Cómo estás? ¿Te han hecho algo? —preguntó a Carlota.

—Estoy bien, tranquilo. Alex, ¿quieres que conduzca yo? Solo nos faltaría que ahora tuviéramos un accidente.

—No te preocupes. En cuanto lleguemos abajo, a la carretera, iré más despacio. Lo que sí quiero saber es cómo te secuestraron.

—Cometí una imprudencia. Tan cansada estaba de todo que decidí hablar con Sara Rivero. Quería decirle que confiara en nosotros para cerrar el caso. Pero ya ves, me salió mal. Cuando llegué a su casa de la Bonanova llamé al timbre y pregunté por ella. Dije que tenía algo importante que contarle. Ella misma salió unos minutos más tarde para abrirme la puerta de la calle. Me dijo que se acordaba de mí y que estaríamos más cómodas en la parte trasera de la casa. Lo cierto es que no llegué a ningún sitio pues de repente sentí que ella, que caminaba por detrás mío, me puso un trapo en la nariz y me durmió. Cuando me desperté ya estaba aquí —explicó haciendo un gesto que señalaba a la urbanización que había quedado atrás—. Pero, por cierto, ¿quién diablos es ese hombre? Su marido no es. ¿Lo conoces?

—Es Lucas Moran. El sobrino del verdadero culpable de este embrollo. Está liado con Sara Rivero —le contestó Alex, algo más tranquilo y feliz por tener con él a Carlota sana y salva. Aunque hubiera sido por casualidad.

—Esta historia no deja de sorprenderme. Por cierto, ¿cómo me has encontrado?

—Ahora te lo explico.

CAPÍTULO 21

Por supuesto, el regreso al piso de Hugo no pudo ser más dramático.

Por un lado, cuando el amigo de ambos vio a Carlota libre se tranquilizó, pero al ver el estado de Alex, más lamentable si cabe que cuando se fue, le hizo cambiar la cara.

—Vamos a sentarnos, y os pido a los dos que me expliquéis, punto por punto, qué ha pasado. Y, lo que es más importante aún, quiero que me convenzáis para que no llame a la policía ahora mismo —suplicó Hugo tomando aire para prepararse para lo peor, mientras señalaba los sillones del salón.

—Hugo, creo que he matado a Lucas Morán —fue lo primero que dijo Alex. Lo hizo con una inquietante tranquilidad, mientras se sentaba y ponía la pistola que había traído con él en el suelo, a los pies de los tres amigos.

—Esto sí que no. Por ahí sí que no paso —dijo Hugo levantándose como si el asiento hubiera tenido un resorte—. Lo siento, pero no te quiero aquí. Sal inmediatamente de mi casa.

—Tranquilo Hugo. No hemos de perder la cabeza. Sería lo peor y eso solo les beneficia a ellos —replicó Carlota levantándose también e intentando razonar con él.

—Por cierto, ¿se sabe algo sobre la muerte de Beatriz? ¿Han dicho algo en las noticias sobre ello? —soltó Alex de repente, ya de pie también como los demás.

—¿Cómo? —dijo Carlota cambiándole la cara por completo—. ¡Beatriz... muerta! —tartamudeó, cayendo a plomo en su sillón, temblando por la impresión.

—En las noticias han dicho que todavía no saben de quién se trata, pero que cabe la posibilidad de estar relacionado con la desaparición de una mujer. Sus abogados han declarado en comisaría que vino a Barcelona y que iba a reunirse con dos personas, con un hombre, ese debes ser tú, y con una mujer. Afortunadamente parece que la principal sospechosa es ella —contestó Hugo sentándose de nuevo—. Van a revisar todas las cámaras del puerto a ver si dan con alguien.

—Sara Rivero. Estoy seguro que se trata de ella —dijo Alex compungido—. Lo que hemos de hacer ahora es recordar qué, realmente, nos ha llevado a esta situación. Cuánto sabemos con seguridad, y cuánto puede ser que desconozcamos aún.

"Aquella mañana de domingo, veintidós de noviembre de 1987, Alfredo Rivero se encontraba solo en su torre, en una tranquila calle perpendicular al Passeig Bonanova. Su mujer y su hija aún no habían regresado de su casa en Puigcerdà y, para estar más tranquilo, le había dado fiesta al servicio. Tenía que resolver varios temas importantes de la empresa y decidió quedarse trabajando. De repente sonó el teléfono:

—Hola Alfredo, soy Ignacio. ¿Estás muy ocupado? Tu mujer le dijo a la mía que este fin de semana se iba sola con la niña. ¿Todo va bien? —le preguntó preocupado.

—Sí. Pero tengo varios asuntos sobre los que pensar y preferí quedarme aquí trabajando. A ver si puedo decidir cuál es el mejor rumbo a tomar para Júpiter. ¿Y tú qué tal? —se interesó el empresario sin saber que le quedaban pocas horas de vida.

—Pues estamos en un momento complicado. ¡Qué voy a explicarte a ti! También estamos en plena fase de internacionalización, pero queremos estar seguros e ir poco a poco —se sinceró Ignacio.

—Oye. Porque no te pasas y tomamos una copa. Quizás pensar en voz alta con alguien, aunque sea con mi competidor, me vaya bien para ver las cosas más claras y decidir correctamente —sugirió Alfredo al que era su amigo de tantos años y del que no tenía nada que temer, ni personal ni profesionalmente—. Eso sí, no tengo a nadie en casa por lo que no te extrañes si encuentras cosas por en medio —soltó riendo.

—Ja, ja, ja —rio con ganas su amigo—. Con lo desordenado que eras de joven debe estar todo revuelto. Ya verás la bronca que te da tu mujer cuando vuelva y la cara de la chica cuando vuelva y vea todo el trabajo que le espera. Pero me parece buena idea. A ver si se me pasa el cabreo. Le he dicho a mi mujer que este verano quiero mandar a la niña a Londres, para

que practique el inglés, y ella no quiere porque dice que aún es muy pequeña. En fin. Hacía las cuatro estoy allí.

Ignacio Santamaría se presentó a la hora convenida. Como siempre, fueron al salón en que Alfredo se reunía con sus amigos más íntimos. Era su espacio personal, en uno de las torreones de la casa que había decorado a su gusto, sobrio y sencillo, pero justo con lo que él necesitaba. Allí pasaba horas y horas escuchando sus discos de música clásica sin molestar a nadie, y también leyendo sus obras preferidas de autores rusos y alemanes. Era lo que le relajaba cuando los problemas de la empresa le sobrepasaban. Ahora, sentados los dos antiguos amigos en sus butacas preferidas ante la chimenea, dando cuenta de una botella de Jerez, comenzaron a hablar distendidamente.

—¿Sabes a quién acabo de ver justo ahora, cuando salía del coche delante de tu casa? —soltó Ignacio tras beber un primer sorbo—. Nada más y nada menos que a Jaime Vega. ¿Te acuerdas de él? A mí me costó reconocerlo y, como todavía estaba cabreado, al principio le contesté mal. Me tuve que disculpar. Le he dicho que venía a verte y me pidió que te diera saludos de su parte. Parece que ahora vive por aquí cerca.

—¡No me digas! ¡Cómo olvidar las clases de vela con él! Lo que nos llegamos a reír —reconoció Alfredo—. Deberíamos quedar un día con todo el grupo y recordar viejos tiempos.

Así solían ser sus charlas. Momentos en los que compartían anécdotas de su juventud, temas familiares, hacían planes de futuro para cuando dejaran los negocios a sus hijas y, a veces, solo a veces, también hablaban de trabajo.

—¿Te acuerdas de nuestra discusión en aquella gala previa a la presentación de nuestras colecciones en 1982? —recordó Arturo mientras servía más Jerez a su amigo.

—Y tanto. Todos creyeron que después pasamos varios años sin hablarnos, pero el caso es que en un mes ya estabais tú y Amparo cenando en mi casa.

—¡Cómo echo de menos esa época! Por cierto, ¿te acuerdas de Solano? —su amigo asintió con la cabeza—. Lo tengo pisándome los talones. No para de amenazarme. Como si las buenas ideas para desarrollar un negocio solo se le pudieran ocurrir a él.

—Vas a tener que denunciarle la próxima vez que lo haga. A mí no para de decirme lo desleal que eres, y de ofrecerse para colaborar conmigo —le sugirió Ignacio.

—Sí, al final tendré que hacerlo. No sé qué es lo que pretende exactamente, pero debe tener algo en mente. Nada bueno, por supuesto. Tú, de momento, sigue sin fiarte de él.

—No te preocupes. Nunca me gustó. Sé que juega sucio.

De esta manera, como habían hecho tantas veces, siguieron hablando hasta, que pasadas las seis, Ignacio tuvo que marcharse.

Alfredo volvió a quedarse solo y, como su mujer y su hija cenarían en casa de unos amigos en Sant Just Desvern y el servicio llegaría el lunes a primera hora, aún le quedaban unas horas de tranquilidad para trabajar.

De repente, alguien llamó al timbre. Por no bajar, se asomó por la ventana del despacho pero, desde el primer piso en el que se encontraba, no podía ver bien de quién se trataba. No le quedó más remedio que bajar. Cogió la llave de la puerta de la verja de la entrada a la finca y se puso el primer abrigo que encontró colgado en un perchero. Apenas le separaban veinte metros desde la casa pero no quería coger frío después de haber pasado varias horas al calor de la chimenea.

Cuando alcanzó a ver quién era su visitante le cambió la cara.

—¿Qué hace aquí Solano? ¿Es que no tiene bastante con presentarse en mi empresa y amenazarme, que ahora tiene que venir a mi casa a importunarme? —dijo Alfredo Rivero al otro lado de la verja, sin intención de abrir la puerta, intentando controlar su enfado.

—Vamos jefe, no te enfades. Vengo en son de paz —contestó su ex empleado con una gran sonrisa.

—No me llame jefe. Ya no trabaja para mí y dudo que lo haga nunca más —dijo con una mueca de desprecio—. Váyase y deje de molestarme de una vez. Desaparezca de mi vida. Si vuelvo a verle le denunciaré.

—Tranquilo, tranquilo. Dije que vengo en son de paz. Precisamente quiero que hablemos para poder disculparme por todo lo sucedido —planteó Félix Solano abriendo los brazos en gesto de buena voluntad.

—En tal caso, pásese mañana por mi despacho y hablaremos.

—La verdad es que preferiría hacerlo sin que nadie nos viera. Creo que esto es algo entre usted y yo, y no me gustaría que nadie más metiera las narices en nuestra reconciliación.

Alfredo Rivero estaba algo confundido. Después de tantos meses discutiendo con él no se esperaba algo así. Confiado, acabó por abrirle la puerta de la verja y, una vez dentro y cerrada de nuevo, con un gesto le indicó que le siguiera, mientras se guardaba la llave en el bolsillo del pantalón.

Esta vez no le llevó al torreón y se quedaron de pie en la amplia entrada de la casa.

—¿No me invita a una copa? —sugirió Félix, con una sonrisa difícil de calificar.

—No son horas —cortó Alfredo tajante—. Dígame eso que vino a decirme y acabemos con esto cuanto antes.

—Pero no nos quedemos aquí, pongámonos cómodos, ¿no? —dijo Félix, mirando a su alrededor mientras se quitaba el abrigo, lo doblaba y lo dejaba sobre una pequeña mesita de la entrada.

—De acuerdo —cedió resignado Alfredo, que se quitó también su abrigo y lo colgó en el perchero—. Acompáñeme.

Le llevó a un despacho junto a la entrada. Era muy pequeño y solo disponía de una mesa con su silla a juego, un teléfono y, para los visitantes, un par de robustas sillas. Lo justo para atender a alguien que se presentara sin invitación. Y éste, sin duda, era él caso.

Una vez dentro, ambos siguieron de pie: quieto el empresario, e inspeccionando con descaro cada detalle de aquella sala el otro.

—¿Y bien? ¿Qué quería decirme?

—Pues que ya va siendo hora de que hagamos la paces. ¿No le parece?

—Soy todo oídos.

—Pues deberíamos empezar por el principio. Justo aquel día en el que yo le comenté, razonablemente, cómo podíamos desarrollar la internacionalización de su empresa y desoyó por completo mi propuesta.

—No tiene sentido remover toda esa historia de nuevo. Aquel tema quedó zanjado —terció Alfredo mostrándole con la mano la salida, con la intención de cortar lo antes posible una conversación que no les llevaría a nada.

—No tan rápido —terció Félix—. Usted me acusó de desleal y me despidió. Y lo peor fue que al final siguió, paso a paso, todo lo que yo le mostré en mi informe para comenzar a trabajar en Estados Unidos.

—Se olvida de algo —le respondió el empresario, acercándose tanto que se quedó a pocos centímetros de aquel hombre que le estaba retando de nuevo—. Usted estaba trabajando en la sombra para Índico. Su idea era preparar el camino para que ellos llegaran después y se encontraran el camino hecho, sin obstáculos. Y no se equivoque. No seguimos su propuesta paso a paso, estaba llena de trampas. Afortunadamente, seguimos nuestra propia estrategia, aunque usted siempre hiciera público lo contrario.

—Está claro que son diferentes formas de ver las cosas. Pero yo estoy aquí, como le dije al llegar, para poner fin a esta situación tan desagradable —contestó Félix con una extraña sonrisa—. Debería poner algo de su parte.

—O sea, soy yo el que debería colaborar para solucionar un conflicto que usted mismo creó —acabó por elevar la voz Alfredo, bastante alterado con la absurda conversación que estaba teniendo lugar en su propia casa—. Váyase de una vez —dijo mostrándole de nuevo la puerta del despacho—. Y no olvidé que hace un año me amenazó públicamente diciéndome que jamás me perdonaría por lo que, según usted, le había hecho. Como vuelva por aquí, o por la empresa, le juro que le denunciaré a la policía.

—¿Y por qué no lo hace ahora? —le retó señalando con la mano el teléfono.

201

Alfredo echó una ojeada, tanto a Félix Solano como al aparato, y con gesto de querer acabar con aquello de una vez por todas, se decidió a llamar. Para coger el auricular se giró dándole la espalda a Félix Solano, ocasión que aprovechó para apretar contra su espalda lo que parecía un arma.

—¿Qué hace? —gritó Alfredo soltando el teléfono e intentando darse la vuelta. Lo único que consiguió fue caer de cabeza sobre la mesa.

—Hacer justicia. Como usted acaba de recordar, ya le dije en aquella ocasión que no le perdonaría lo que me hizo. Y ha llegado el momento.

—Suélteme y olvidemos esto para siempre —gritó Alfredo mientras sus brazos se estiraban hacia atrás, intentando dar con alguna parte del cuerpo de su agresor que le hiciera ceder en su posición dominante. Llegó a golpear uno de sus brazos, pero sin éxito. De forma inesperada, se dio impulso y pudo darse la vuelta, con tal fuerza que desestabilizó a su rival que fue a parar a la pared contraria dándose un golpe en la cabeza. Él no salió mejor parado, pues cayó al suelo chocando antes con las costillas con el canto de una de las sillas.

Alfredo se levantó con dificultad y se lanzó para intentar hacerse con el arma. Por un momento, llegó a asir el brazo y la mano de Félix Solano intentando que la soltara, pero lo único que consiguió de su agresor fue un golpe con tal fuerza que le hizo caer de nuevo.

Su enemigo, ya recompuesto, se plantó ante él.

—Levántese. Seguro que no le gustaría que dijeran que fue una víctima fácil.

El empresario, conmocionado por los golpes que estaba recibiendo, consiguió ponerse en pie de nuevo.

—Está bien. ¿Qué es lo que quiere? ¿Dinero? Dígame cuánto. Sabe que puedo pagarle lo que me pida.

—No quiero dinero. Usted no ha entendido nada. Esto solo se resolverá acabando con usted.

—Pero no ve que terminará en prisión. Nada de esto tiene sentido. Mire, si baja ese arma podemos sentarnos y hablar de cómo reincorporarle en la empresa lo antes posible. ¿Es eso lo que quiere, verdad? Nunca diré lo que ha sucedido aquí esta tarde. Pero si me dispara no podrá rehacer su vida —intentó razonar, mientras daba la vuelta a la mesa y se sentaba quedando cara a cara con Félix Solano. Abrió un cajón y rebuscó hasta que encontró un talonario y un bolígrafo.

—De momento, esto es para usted... —dijo, mientras comenzaba a rellenar un cheque con la esperanza de apaciguar la ira de aquel hombre que no paraba de amenazarle.

Pero no pudo poner más que la fecha: 22 de noviembre de 1987. El que había sido su ex directivo extendió el brazo y le disparó en dos ocasiones. La primera vez, la bala le dio de lleno en la cabeza. El resultado fue inmediato. Aun así, quiso asegurarse. La segunda, el disparo le entró por el cuello. El cuerpo de

Alfredo rebotó en el respaldo de la silla y acabó cayendo hacia delante quedando inerte sobre la mesa.

La sangre lo cubrió casi todo en pocos segundos.

Félix, satisfecho con el resultado, se dio media vuelta. En el recibidor recogió su abrigo y se lo puso sin prisa. Con un pañuelo abrió las puertas, incluida la de la verja tras haber cogido la llave que Alfredo había guardado en el bolsillo de su pantalón.

La mujer y la hija de Alfredo Ribero llegaron sobre las diez de la noche y lo que vieron cambió sus vidas."

—Entenderé si no queréis seguir con esto, pero yo lo tengo claro —dijo Alex, levantándose de su sillón, mirando fijamente a su mujer y a su amigo—. Esta noche pienso acudir a la cita con Bermejo y con Roberto Estévez. No he pasado por todo esto para que se quede en nada y que ellos se salgan con la suya. Además, Beatriz ha sido asesinada por Sara Rivero. No tengo ninguna duda. Cuánto me gustaría saber qué le sucedió exactamente.

"Beatriz llegó a Barcelona cerca de las once de la noche para reunirse con dos personas. Una era un tal Alejandro Ruiz, que había surgido de la nada esgrimiendo que tenía las pruebas necesarias para demostrar la inocencia de su padre. Y la otra era su amiga de la infancia, Sara Rivero.

Desde que culparon a su padre de asesinato las dos familias se distanciaron. En aquel momento eran muy pequeñas por lo que no dependía de lo que ellas quisieran. Pero después, ya de mayores, y con su padre en la cárcel, quiso quedar, sin éxito, con su antigua amiga para convencerle de que se iniciara una nueva investigación y saliera la verdad a la luz. De hecho, en todos aquellos años a duras penas se vieron un par de veces, por casualidad, en algún restaurante o en la fiesta de algún amigo común.

La relación entre ambas se rompió hasta que, aquel día muchos años después, Beatriz quiso quedar nuevamente con Sara para informarle de lo que iba a suceder en los próximos días.

Probó a llamar al teléfono de siempre, el de la casa en la Bonanova, con la esperanza de que siguiera viviendo allí y quisiera ponerse al teléfono.

Afortunadamente, sí estaba y aceptó hablar con ella, aunque la conversación fue muy fría:

—Sí.

—Sara. Ante todo muchas gracias por atenderme. Espero que estés bien.

Al otro lado de la línea solo se sentía el vacío provocado por el silencio de su interlocutora.

—Te llamo para explicarte que hoy mismo viajo a Barcelona. Voy a reunirme con alguien que tiene pruebas sobre el verdadero asesino de tu padre. Creo que te interesará saber

quién fue y ello demostrará la inocencia de mi padre. Me gustaría que estuvieras conmigo en esto. Imagino que tú también querrás saber quién fue.

Beatriz solo escuchaba la respiración de Sara al otro lado de la línea.

—*Me alojaré en el Meliá. Llámame a este número desde el que te llamo o, si lo prefieres, al del hotel para vernos. Me gustaría explicártelo todo mejor antes de que se haga público por la prensa.*

Silencio.

—*Espero tu llamada. Adiós.*

Sara colgó despacio el auricular. Trató de pensar en todo lo que había sucedido en los últimos días. Demasiada gente estaba metiendo las narices en un tema que debería estar enterrado y bien enterrado. Su plácida y cómoda vida podía dar un vuelco inesperado si dejaba que Beatriz tomara parte también en esto.

No paró de pensar y, después de cenar, cuando cada miembro de su familia ya se había retirado a sus respectivas habitaciones, incluido su marido de pega, decidió salir. Bien abrigada bajó al Passeig Bonanova y paró un taxi con la intención de ir al hotel.

Le hizo parar un poco antes. Bajó y se dirigió directamente a los bancos de la plaza que había delante de la entrada principal. Allí, bien oculta bajo el amplio cuello de su abrigo, se quedó esperando a que llegara algún nuevo huésped.

Durante unas dos horas apenas entró nadie y ya comenzaba a impacientarse. Pero, por fin, creyó verla llegar. Una mujer bajó de un taxi con una pequeña maleta y, tras entrar, vio desde su posición cómo se dirigía directamente al mostrador del hotel.

Sara se levantó y cruzó la calle plantándose delante de la puerta. Sí, era Beatriz. No había cambiado demasiado desde que era niña. Solo su prestancia y seguridad a la hora de moverse y dirigirse al recepcionista.

Confirmada la presencia en la ciudad de su antigua amiga, se giró buscando de nuevo un taxi y, cuando lo encontró, regresó directa a casa.

Al día siguiente, se levantó bien temprano, se puso una gruesa cazadora, el casco y cogió su moto. En pocos minutos estaba de nuevo sentada en el mismo banco de la noche anterior, esperando que Beatriz saliera del hotel. Le había dicho que iba a reunirse con alguien y quería saber con quién.

Así fue como, al verla salir y tomar un taxi, ella pudo seguirla. Cuando por fin la vio bajar, en la misma Plaça Catalunya, se subió a la acera y aparcó la moto junto a las otras muchas que siempre había en aquella zona.

Mientras se quitaba el casco y los guantes vio cómo entraba en el Zúrich. No tardó ni dos minutos en hacerlo ella también y, disimuladamente, reconoció al hombre con el que estaba citada.

Salió de nuevo afuera y se quedó en la puerta del Fnac, con los muchos barceloneses que frecuentemente esperaban a alguien en aquel lugar. Mientras tanto su cabeza ardía. Quería saber más de ese imbécil que iba a dar al traste con su vida. Decidió que tenía que seguirle.

—Déjalo todo y ven inmediatamente a la Plaça Catalunya. Te necesito —le dijo a alguien que respondió inmediatamente a su llamada.

Pasado un buen rato salió Beatriz pero, de momento, ella no le interesaba. Poco después, apareció él. Su contacto ya había llegado por lo que, a cierta distancia, los dos comenzaron a seguirle entre las concurridas calles del centro. Pero, por desgracia, fueron descubiertos.

—Sí, a mí también me ha visto. Vuelve a tu casa. Después te cuento.

De regreso a la Plaça Catalunya para recuperar su moto Sara pasó por una de las poquísimas cabinas telefónicas que quedaban en la ciudad. Consultó su móvil y, con algo de asco, tomó el auricular del teléfono público y llamó a Beatriz a su móvil.

—Soy yo. He estado pensando y sí, me gustaría que nos viéramos. A la una en el puerto del Forum. Tú mira de estar por allí a esa hora. No te preocupes. Yo te encontraré.

Al recibir la llamada Beatriz, que acababa de regresar al hotel, decidió salir en seguida. Según Google Maps el lugar en el que le había citado estaba algo lejos, en la otra punta de la ciudad, y no quería llegar tarde. Cuando se vieran sería la hora de comer. Quizá lo hicieran juntas, pensó.

Mientras tanto, Sara no se lo pensó dos veces y fue directamente al lugar de la cita. Debía pensar fríamente cómo proceder. En cuanto llegó aparcó la moto lo más cerca que pudo del puerto e hizo el gesto de quitare el casco. Pero se lo pensó mejor: lo más conveniente sería que se lo dejará pues, como era habitual, seguro que habrían cámaras en cualquier rincón, pensó.

También era consciente de que levantaría sospechas si alguien se cruzaba con ella, pero no se frenó en su propósito.

Entró en la zona portuaria en busca de un lugar en el que esconderse para que Beatriz no le viera cuando llegara. Por fin, dio con el lugar ideal: una apartada zona de almacenes para los propietarios de las embarcaciones. Por algún motivo, delante del almacén número doce, alguien había dejado una alta pila de tablas de surf lo que l se convertía en el lugar ideal para observar sin ser vista. Tal y como esperaba, no había nadie por el puerto. Su corazón latía con fuerza y le costaba respirar, por lo que tuvo que quitarse el casco para poder respirar profundamente y tranquilizarse. Tenía poco tiempo para acabar de pensar lo que iba a hacer en cuanto la viera aparecer.

Diez largos minutos más tarde vio llegar a su antigua amiga que miraba en todas direcciones buscándola. Caminaba distraída y confiada, observando con detalle los yates atracados en los diferentes pantalanes. Miró el reloj del móvil en varias ocasiones e incluso hizo el gesto de querer llamar. Pero no lo hizo.

Sara esperó hasta que Beatriz pasó cerca de su posición y le dio la espalda. Fue entonces cuando se lanzó sobre ella alzando el casco con las dos manos y dándole con todas sus fuerzas sobre la cabeza.

Beatriz, que había sentido que alguien se aproximaba por detrás, había comenzado a girarse. Por ese motivo recibió el golpe en todo el lateral de su rostro y la desestabilizó cayendo de bruces al duro suelo de cemento. Sara alzó de nuevo el casco y se agachó para seguir golpeándole en la cabeza.

Beatriz intentó defenderse sin éxito. El duro y probado material que debía proteger el cráneo del motorista en caso de accidente, en esta ocasión, estaba acabando con la vida de una persona.

Beatriz intentó gritar pidiendo ayuda, pero cada vez que lograba abrir la boca recibía otro golpe partiéndole, una tras otra, varias piezas dentales.

No duró mucho tiempo. La cabeza abierta, rostro irreconocible, mandíbula deshecha, cuello, manos y brazos rotos...

Cuando vio el resultado, Sara le arrancó el pequeño bolso que llevaba y, tras levantarse, se aseguró de que dentro estuviera su documentación. Se bajó la cremallera de la cazadora y, mientras se lo guardaba, miró a su alrededor. No podía saber si era normal o no, pero seguía sin aparecer nadie por allí.

Finalmente, con un pie empujó aquel cuerpo irreconocible al agua, entre dos yates de bandera inglesa cuyos propietarios, dedujo, debían estar a miles de kilómetros en su cálido y seguro hogar.

Al salir del puerto Sara respiró hondo y, al ver cómo había quedado la funda de su casco, lleno de pelos, piel y trozos de cerebro enganchados con la sangre derramada, estuvo a punto de vomitar. La quitó, le dio la vuelta y se la guardó en un bolsillo. Al llegar a casa la quemaría. Se puso de nuevo el casco y, en pocos minutos, iba de regreso en moto."

—Yo estoy dispuesta a seguir con el plan —sorprendió Carlota a Alex alzándose también—. Beatriz tiene derecho a que su muerte no haya sido en vano.

—Lo cierto es que pienso lo mismo que vosotros. Se ha llegado demasiado lejos y esa gente no puede quedar impune —sentenció Hugo mientras se levantaba.

—Pero no sabemos si Beatriz llegó a avisar a su contacto en los Mossos —razonó Carlota.

—Cierto. Vamos a dar por hecho que no lo hizo. Vosotros tendréis que llamarles si veis que todo se complica —sentenció Alex.

CAPÍTULO 22

Y el momento llegó. Alex se dirigía, por fin, al lugar elegido. Faltaban unos pocos minutos para las una de una fría y húmeda noche en la que, tal y como esperaba, no había absolutamente nadie por las calles de Gracia.

En cuanto llegó a la plaza los vio, sentados en el banco de la Plaça Rovira, justo al lado del hombre de bronce. Uno en el mismo sentido que el mudo testigo de lo que allí iba a suceder y, el otro, les daba la espalda. El que veía como Alex se aproximaba era el hijo del fiscal.

Estaba claro que no se conocían, aunque se intuía que se habrían estado observando con desconfianza un buen rato. ¿Quién iba a estar a esas horas en la calle, sentados precisamente en ese lugar, con la actitud de estar esperando a alguien?

Cuando Alex llegó pasó al otro lado del banco, de cara al paciente señor Rovira, y obligó a que Roberto Estévez se levantara y diera la vuelta quedando a su derecha y Vicente Bermejo a su izquierda. Con Carlota y Hugo habían llegado a la conclusión de que esa era la colocación más conveniente para afrontar lo que estaba por suceder.

Ya en posición, no le quedó más remedio que romper el hielo:

—Buenas noches a ambos. ¿No sé si se conocen?

Vicente Bermejo se levantó con dificultad y ambos se miraron, en esta ocasión de frente, pero todo indicaba que no tenían el gusto de saber el uno de otro y que no les importaba en absoluto,

213

—No estoy para tonterías. Deme lo que me pertenece y dejaré que se vaya con su amigo de copas —soltó el ex forense y ex profesor, mientras daba un desequilibrado paso hacia él con el brazo extendido—. Espero que no quiera sorprenderme pues mis amigos están atentos a lo que aquí sucede. Usted ya los conoce, haga memoria.

—No sé quién es este hombre, pero a mí se me está acabando la paciencia —amenazó en esta ocasión Roberto Estévez—. Entrégueme lo mío y yo también me marcharé inmediatamente. Acabemos de una vez.

—Está bien. Está bien. Que poco aguante tienen —dijo Alex con una sonrisa nerviosa y esperando que no se notara demasiado el temblor de sus manos—. Ahora le daré a cada uno lo que tanto desean.

—Le aconsejo que no juegue más conmigo —soltó con arrogancia el ex forense, sabiendo que su gran altura solía intimidar a todo el mundo—. ¿Ve que no hace más que poner en riesgo su vida y la de otros? Entrégueme mis documentos ahora mismo y se acabó.

—Que impaciencia. De acuerdo, aquí tiene cada uno lo que quería desde hace tiempo —dijo Alex intentando mostrar tanto una buena dosis de aplomo como de indiferencia en sus palabras. Poco a poco abrió su gruesa cazadora y sacó un grueso sobre que entregó al forense y, a continuación, uno bastante más pequeño al hijo del fiscal corrupto.

Los dos ojearon sus respectivos documentos, por desgracia para Alex, los originales. Con todo lo sucedido en las últimas horas, olvidó preparar unas copias convincentes y, en ese momento, se culpaba a sí mismo por tremendo fallo.

Por su parte, satisfecho, Vicente Bermejo cerró su dossier y se dispuso a despedirse:

—Por fin acaba esta historia. Espero no volver a verle nunca más.

Pero apenas pudo hacer el gesto de marcharse pues, de la nada, apareció a escasos dos metros de él un hombre de apariencia atlética. Iba muy tapado, con una cazadora con el cuello subido y una aparatosa gorra que no conseguía ocultar del todo su cabello albino. Intentaba ocultar un arma bajo una revista.

—De aquí no se mueve nadie.

Viendo lo que sucedía por su derecha, Roberto Estévez intentó huir por su lado, pero también se topó con alguien. En este caso, una mujer también armada.

Alex aguzó la vista para ver de quiénes se trataba. Cuando identificó al hombre su mente paso de la preocupación al alivio por saber que no lo había matado.

—¿Lucas Moran? ¡No me lo puedo creer, está vivo! —gritó confundido—. Pero todo el mundo quieto —reaccionó, sacando de su cazadora el arma que le había arrebatado justo a ese mismo hombre unas horas antes—. Y usted solo puede ser Sara

Rivero —dedujo apuntando, e intentando mantener el control, sin demasiado éxito, a uno y otro de forma alternativa.

—Ya sé que ustedes dos son amantes y que él es el padre de su hijo —le soltó de repente a Sara—. Por cierto. ¿Quién de los dos mató a Beatriz? No sé por qué me parece que ha sido uno de los dos.

—Yo sé quién es usted —participó en ese extraño diálogo Vicente Bermejo, haciendo oídos sordos a la pregunta que Alex había soltado a la pareja que se había unido sin invitación a aquella representación—. Usted es familiar de Félix Solano. Él no tuvo hijos, por lo que ha de ser su sobrino. El actual copropietario de la empresa junto a su heredera —dijo mientras se giraba para mirarla y así confirmar sus sospechas—. Tiene el pelo tan claro como lo tenía el culpable de asesinato que consta en el informe. Está claro que usted pertenece a su familia.

—Cállense todos —chilló Sara, que parecía no ser consciente de estar en un lugar público y que sus voces retumbaban en toda la plaza—. El siguiente que abra la boca acabará como esa hija de puta, con la cabeza partida y con los sesos fuera, pero no a golpes, sino por un disparo entre ojo y ojo.

—¡Basta ya! —alzó la voz también el que ya estaba claro para todos quién era, mientras miraba de reojo, con expresión de enfado, a su amante por la confesión pública que acababa de hacer—. Deje el arma en el suelo —ordenó a Alex—, póngase con ellos y arrodíllese. Y ustedes dos, entréguennos cada uno su sobre y arrodíllense también.

Por supuesto, nadie obedeció. Los cuatro coprotagonistas vivos de la historia comenzaron un múltiple forcejeo en el que no faltaron disparos que, milagrosamente, no alcanzaron a nadie.

Alex se sentía como el testigo de un suceso al que todos ignoraban y que no sabía bien cómo proceder. No tenía claro si acercarse e intentar separarlos, si marcharse y dejarlos que se mataran entre ellos, o si llamar a sus amigos para que le ayudaran a decidir. Estaba tan aturdido que ni recordaba que él mismo iba armado.

Pero todo aquello no duró mucho. En pocos minutos, otra vez de la nada, aparecieron no menos de veinte Mossos que, a los gritos de "¡Policía! ¡Tiren las armas al suelo! ¡Quieto todo el mundo! ¡Las manos a la cabeza!", les acabaron rodeando.

De repente, Alex sintió como unas potentes manos se hacían con su pistola, le empujaban y se lo llevaban a un lugar desde el que se podía seguir disfrutando, como en el teatro, de la detención de las cuatro personas que habían estado haciéndole la vida imposible desde hacía varios días.

Cuando todos estuvieron esposados y sentados en el frío pavimento de la plaza, esperando a que llegaran los vehículos policiales para llevárselos, se le acercó Enrique con los dos sobres con las pruebas en sus manos.

—La que ha organizado joven —dijo mientras se los entregaba al jefe al mando de los Mossos en el operativo—. Cuando usted se fue a ver a Lucas, y sospechando lo que le sucedió a Beatriz, decidí contactar con un antiguo amigo de la policía y que ahora pertenece a los Mossos. Se lo expliqué todo largo y tendido y le conté lo que sospechábamos, usted y yo, sobre el cuerpo aparecido en el puerto. Quedamos en que contactaría con su superior.

—¿Cómo supieron ellos —preguntó, señalando a Lucas y Sara— y también usted que habíamos quedado hoy aquí?

—Lucas se presentó en casa hacia las nueve de la noche y se fue directo a su apartamento. Le vi solo un momento a través de la cristalera del salón. Era evidente que algo le había pasado pues no tenía buen aspecto. Me preocupé por usted y deduje que su visita no había sido plácida. Le seguí los pasos, intentando que él no me viera, y conseguí escuchar una conversación telefónica. Llamó a alguien, ahora veo que fue a Sara Rivero, y le explicó algo sobre un móvil. Le dijo que llevaría ropa vieja para que no le identificaran y que ella hiciera lo mismo. Quedaron en encontrarse en un par de horas en la Plaça de la Virreina. Entonces llamé de nuevo a mi amigo policía y le di las señas. A partir de entonces no tuvieron más que seguirles hasta llegar hasta aquí.

—¿Le dio la impresión de que la policía estuviera avisada? Beatriz me explicó que conocía a un alto cargo de los Mossos y que le llamaría para explicarle nuestros planes. Pero es posible que la mataran antes de hablar con él.

—Así debió ser, pues nadie en el Cuerpo parecía saber nada —le confirmó el ex periodista—. Suerte que usted, cuando me pidió las señas de Lucas, no me sentí tranquilo y les avisé.

—Lo que no me explico es cómo se enteraron de este lugar —reflexionó en voz alta Alex.

"Sara se acababa de enterar de que su rehén acababa de escapar ayudada por su maridito.

—*Se hizo con mi arma y me disparó. Al esquivar la bala me hice a un lado resbalando y cayendo al suelo. Me di un fuerte golpe en la cabeza y perdí el conocimiento. No sé por cuanto tiempo. Cuando me recuperé ya habían escapado.*

En esos momentos a Sara no le interesaba en absoluto cómo se encontraba Lucas. A veces parecía un verdadero imbécil. Todo lo tenía que acabar resolviendo ella y esto, por momentos, se le estaba escapando de las manos. Tenía que recuperar esas pruebas que decía tener ese hombre de una vez por todas. Debían estar en su poder. Pero necesitaba a Lucas:

—*Hemos de saber cuál es el siguiente paso que va a seguir ese hijo de puta. Nos hemos de hacer ya mismo con esos documentos —le gritó—. Recuerda, por favor, haz un esfuerzo. ¿Hay algo en lo que hoy ha sucedido en tu casa que nos pueda indicar cuáles son sus planes?*

—Déjame pensar. Te lo digo en cuanto recuerde algo.

Eran cerca de las nueve cuando llamó a Sara desde su apartamento en casa de su tía:

—Lo tengo. Todo sucedió muy rápido. Hubo un momento, mientras forcejeábamos en el suelo, en el que perdió su móvil que acabó a nuestro lado —comenzó a relatar Lucas, sin ni siquiera saludar—. Quedó a apenas unos centímetros de mi cara y alcancé a leer: "del domingo al lunes a la una a.m. Plaça Rovira".

—Bien. Entonces, si Beatriz vino de repente a Barcelona es porque allí va a suceder algo importante.

—Nos vemos en un par de horas en la Plaça de la Virreina. Yo buscaré por aquí ropa vieja que me cubra bien. Tu llévate también algo que te tape lo más posible."

—Por cierto, no sé si eres consciente, pero has sido muy hábil para conseguir la confesión de Sara Rivero —le felicitó su ya buen amigo Enrique—. Me ha explicado el Mosso al que he entregado los documentos que no se había hecho público el estado del cadáver pero ella lo ha descrito perfectamente, por lo que se ha delatado claramente.

Mientas Alex y Enrique hablaban aparcaban en la plaza varias furgonetas de la policía; en una se llevaron a tres de los cuatro protagonistas actuales de aquella vieja historia; en otra, tras leerle sus derechos, a la asesina confesa de la malograda Beatriz;

y en una tercera, a los dos colaboradores del forense, a los que Alex había tenido el gusto de conocer días atrás, y que también rondaban por la plaza tal y como le advirtió antes el jefe de ambos.

—No, no. Nosotros no tenemos nada que ver con esta gente. Venimos con él —escuchó Alex de repente, aunque no sabía desde qué parte de la plaza.

Algo desconcertado, tuvo que dejar con la palabra en la boca a Enrique para buscar el origen de las angustiadas voces.

—No, ellos no. Son mi mujer y mi amigo. Han venido conmigo por si necesitaba ayuda —gritó para hacerse oír entre el barullo que reinaba en la plaza.

No le fue fácil convencer a los policías. Tuvo que acercarse e intervenir el ex periodista y, solo tras ser identificados, los dejaron libres.

—Menudo numerito se ha montado. Pero menos mal que todo ha salido bien —dijo aliviada Carlota mientras le abrazaba a Alex aliviada.

—Desde luego en vaya lío te metiste —dijo su amigo mientras le daba unas sonoras palmadas en la espalda—. ¡Mirad arriba! Están todos los vecinos asomados a las ventanas gravándonos con el móvil. A estas horas ya debemos estar en Instagram, YouTube, Twitter, Facebook…

EPILOGO

Durante varios días toda la prensa se hizo eco de la noticia. Además, por las redes se hicieron virales cientos de vídeos de lo sucedido en la Plaça Rovira.

En la ciudad muchos reconocían a Alex y lo paraban para felicitarle y, sobre todo, para hacerse selfies con él.

Al final, él y los suyos habían logrado la satisfacción de saber que se había resuelto un antiguo crimen. Sin Beatriz ya no había nadie en aquella familia interesada en probar la inocencia de Ignacio Santamaría. Solo ellos.

Era el momento de relajarse un poco y de pensar y compartir qué planes tenía cada uno a partir de entonces. Por ello, habían quedado para comer en el que era uno de los lugares referentes en aquella historia, la mesa al fondo a la izquierda del Zúrich.

—Ayer me llamó uno de los abogados de Beatriz. Quiere verse conmigo. No sé qué querrá —contó Alex.

—Yo creo que esa chica lo dejó todo atado y bien atado antes de venir a Barcelona. No sé si me entendéis —dijo el veterano periodista—. Sabía que se metía en un terreno peligroso y que estaría en deuda con vosotros si se conseguía lavar el nombre de su padre.

—Pero lo cierto es que, la última vez que nos vimos, aquí mismo, no hablamos más que de lo que deberíamos hacer. Yo no le pedí nada a cambio —contestó Alex algo confundido.

—No adelantemos acontecimientos. Lo único que yo tengo claro es que volveré a San Petersburgo en cuanto haya pasado mi cumpleaños. Quiero celebrarlo aquí con vosotros —compartió Carlota cuando comenzaban con los postres, mientras Hugo abría una botella de cava y servía las copas de los cuatro comensales—. Pero espero que, de una vez, me llegue alguna oferta definitiva para regresar a Barcelona.

—¿Y tú? —tanteó Enrique a Alex.

—Me reincorporaré cuanto antes a la librería. La verdad es que necesito cierta tranquilidad —dijo guiñándole un ojo a Carlota—. Bueno, la verdad es que nunca pensé que un empleo como éste me trajera todo este lio. De hecho ya veis, no hay trabajo aburrido cuando el azar pone en tus manos algo inesperado.

—Te lo preguntaba porque yo creo que se te daría bien lo de dedicarte a la investigación. Tengo varios colegas en una revista que podrían darte trabajo —sugirió el ex periodista.

—No te ofendas, pero yo también le he ofrecido trabajo conmigo. Es un crack moviéndose por internet y quisiera que trabajara en mi web para conseguirme más clientes. Pero no quiere —expuso Hugo que, como todos, ya le hablaba de tú al ex colaborador de El Caso.

—Bueno, bueno. Dejadlo y no le metáis en más líos. Aunque, de hecho, no sé si lo de la tienda es buena idea. Todo empezó allí —dijo Carlota cogiéndole la mano.

—No os preocupéis tanto. Yo volveré a trabajar como siempre. Ya he hablado con el señor Eladio y me espera el próximo lunes. Me ha dicho que, desde que saltó la noticia explicando que todo comenzó allí, la avalancha de clientes y, sobre todo, de ventas ha aumentado una barbaridad. Está muy contento.

—De acuerdo, no insisto más. Aunque mi oferta seguirá en pie el tiempo que haga falta. Pero he de deciros una cosa: en cuanto vuelva a casa Teresa y yo vamos a hacer las maletas. Esta tarde nos vamos de viaje. No quiero que viva tan de cerca el aluvión de comentarios que esto está provocando en la prensa. Regresaremos cuando todo haya pasado. Lamento no poder estar por tu cumpleaños, Carlota. Pero antes he de deciros algo. En compensación por lo que habéis sufrido mi mujer quiere daros esto —y metiendo la mano en el bolsillo interior de su americana sacó un sobre que dejó encima de la mesa—. Cuando me contó sus intenciones estuve de acuerdo con ella. No podéis rechazarlo.

Los tres se quedaron algo confundidos y ninguno se atrevió a cogerlo hasta que Carlota rompió el hielo. Poco a poco lo abrió para ver su contenido. Se trataba de tres cheques de tal valor que hizo que sus pupilas se dilataran delatando su emoción.

—Esto es demasiado Enrique —dijo pasándoselo a Alex, y éste a Hugo tras darle un vistazo.

—Es lo que os merecéis. Habéis sufrido lo vuestro, arriesgando incluso vuestra vida, para que todo saliera a la luz.

El sobre regresó a Carlota:

—Guárdalo tú. Estará mejor en tus manos —dijo guiñándole un ojo a su amigo.

—Antes de seguir. Permitidme hacer un brindis en honor a Beatriz. Tanto ella como su padre, y también su madre, han sido víctimas de todo esto y no se merece que nos olvidemos de ella —pidió Alex algo emocionado, pues en esa misma mesa fue donde la vio por última vez.

—Por Beatriz —dijo Carlota levantándose y alzando su copa de cava.

—Por Beatriz —replicaron los demás levantándose también y chocando sus copas entre ellos.

—Me perdonaréis pero me voy ya —dijo Enrique—. Aunque no os librareis de mí. Contactaré con vosotros a la vuelta. Y, por cierto —soltó riendo, mientras le guiñaba un ojo a Alex y señalaba con un dedo la consumición de la mesa—, esto hoy lo pagas tú.

Cuando ya se quedaron solos, nadie que viera a los tres amigos hablando y riendo en aquella mesa del Zurich, observados de cerca por muchos que los señalaban sin disimulo, pero con admiración, podría creer que habían estado a punto de morir en varias ocasiones.

La verdad es que así era, pero había valido la pena.

Solo los turistas les miraban sin entender nada.

Lo más importante era que todo había terminado, que estaban sanos y salvos y que los tres podían confiar el uno en los otros con total seguridad.

Sabían que juntos siempre podrían caminar sobre cualquier cuerda floja sobre cuchillos afilados que se les presentara por el camino.